Le Club des Cinq et la maison hantée

Enid Blyton™

Le Club des Cinq et la maison hantée

Illustrations
Frédéric Rébéna

HACHETTE
Jeunesse

Claude

11 ans.
Leur cousine. Avec son fidèle chien Dagobert, elle est de toutes les aventures.
En vrai garçon manqué, elle est imbattable dans tous les sports et elle ne pleure jamais… ou presque !

François

12 ans
L'aîné des enfants, le plus raisonnable aussi.
Grâce à son redoutable sens de l'orientation, il peut explorer n'importe quel souterrain sans jamais se perdre !

Mick

11 ans comme Claude.
C'est un casse-cou (un gourmand aussi !) qui n'hésite jamais avant de se lancer dans les plus périlleuses aventures...

Annie

10 ans
La plus jeune, un peu gaffeuse, un peu froussarde !
Mais elle finit toujours par participer aux enquêtes, même quand il faut affronter de dangereux malfaiteurs...

Dagobert

Sans lui, le Club des Cinq ne serait rien !
C'est un compagnon hors pair, qui peut monter la garde et effrayer les bandits.
Mais surtout c'est le plus attachant des chiens...

L'ÉDITION ORIGINALE DE CET OUVRAGE
A PARU EN LANGUE ANGLAISE
CHEZ HODDER & STOUGHTON, LONDRES,
SOUS LE TITRE :
FIVE ON A SECRET TRAIL

Dans les précédentes éditions, ce texte portait le titre :
Le Club des Cinq se distingue

Traduction revue par Rosalind Elland-Goldsmith.

Hachette Livre, 43, quai de Grenelle, 75015 Paris.

chapitre 1

La collerette de Dagobert

— Maman ! Maman ! crie Claude en se précipitant dans la villa.

Aucune réponse ne lui parvient. Sa mère est au fond du jardin où elle cueille des roses. L'adolescente s'arrête au pied de l'escalier et crie encore plus fort :

— Maman ! Viens vite ! C'est grave !

Derrière elle, une porte s'ouvre brutalement, et son père surgit. Il est en colère, comme toujours lorsqu'on le dérange dans son travail.

— Claudine ! un peu de silence ! Je suis plongé dans un rapport très...

— Oh ! papa ! Dago s'est fait mal...

— Dagobert ?

Le regard paternel se tourne sans indulgence vers le chien qui se tient, comme d'habitude, contre les jambes de Claude.

— Il n'a pas l'air bien malade, commente la

voix sévère. S'il s'est encore fourré une épine dans la patte, enlève-la-lui et ne hurle pas comme s'il y avait le feu à la maison !

— Mais, papa... il est blessé ! insiste-t-elle à travers la porte que M. Dorsel a refermée. Je t'assure que... Oh ! maman ! Voilà maman !

— Qu'est-ce qui se passe, ma chérie ? questionne cette dernière en posant les fleurs sur le buffet.

— Dag a eu un accident, explique la jeune fille en s'agenouillant auprès de son fidèle compagnon.

Doucement, elle écarte une de ses oreilles, découvrant une profonde entaille. L'animal gémit, et des larmes viennent aux yeux de sa petite maîtresse.

— Ne t'en fais pas, la réconforte sa mère. Ce n'est qu'une coupure. C'est arrivé comment ?

— En courant. Il s'est pris dans un fil de fer barbelé qu'il n'avait pas vu... Regarde, ça saigne !

— Tu devrais le conduire chez le vétérinaire. Il fera quelques points de suture et on n'en parlera plus. Pauvre bête, va !

— J'y vais tout de suite ! déclare Claude en se redressant, rassérénée. Viens, mon Dag !

Ce dernier ne se fait pas prier. La porte de la *Villa des Mouettes* claque bruyamment ; mêlés à des cris de joie et à des aboiements, des pas précipités dévalent le perron, font voler le gravier.

M. Dorsel sursaute, regarde par la fenêtre, voit sa fille s'élancer sur la route et pousse un soupir de soulagement.

— Ouf ! souffle-t-il. Enfin quelques minutes de paix !

Et, aussitôt, le savant se replonge dans ses plans et ses papiers couverts de chiffres.

La clinique du vétérinaire, coquette et fleurie, se dresse, isolée, à la sortie de la petite ville de Kernach. Claude y arrive en courant et insiste tellement pour être vite reçue qu'elle n'attend presque pas.

Le diagnostic est rassurant. Le docteur Le Goff recoud la plaie, qu'il recouvre d'un pansement. Sa jeune cliente le remercie d'un ton ému.

— Tout ira bien, assure l'homme avec un bon sourire, en se lavant les mains. Mais veille à ce que ton chien ne se gratte pas. Si la plaie s'envenime, cela pourrait devenir grave.

— Mais comment faire pour l'empêcher de se griffer ? interroge l'adolescente, de nouveau anxieuse.

Son interlocuteur, heureusement, a réponse à tout :

— Mets-lui une grande collerette de carton bien raide autour du cou, explique-t-il. De cette façon, il ne pourra pas toucher la blessure avec sa patte.

— Mais... mais... balbutie Claude. Dago ne va pas aimer ça, et il aura l'air ridicule !

— Je ne vois pourtant pas d'autre moyen, réplique le docteur. Il devra garder cet appareil au moins huit jours ! Allez, il faut partir, maintenant. J'ai beaucoup d'autres patients qui m'attendent ! Au revoir !

La jeune fille reprend le chemin de la *Villa des Mouettes* d'un air préoccupé. Son ami à quatre pattes la suit en bondissant joyeusement, comme s'il avait oublié la gravité de son cas. Et puis, brusquement, il s'arrête et passe sa patte de derrière sur son oreille blessée.

— Non ! s'exclame sa maîtresse. Tu n'as pas le droit de te gratter ! Tu ferais tomber le pansement. Non ! Dago !

L'animal lui lance un regard étonné, et repose la patte à terre. Il ne veut pas contrarier sa compagne. Puisque celle-ci s'indigne de le voir se frotter, il attendra d'être seul pour le faire. Mais Claude lit dans les pensées de Dagobert. Elle fronce les sourcils.

— Tant pis pour toi ! lance-t-elle. Tu l'auras, ta collerette de carton ! Maman m'aidera à la fabriquer !

L'adolescente n'est pas très douée pour le travail manuel, mais sait qu'elle peut compter sur l'inlassable bonne volonté de sa mère. Aussi, elle n'a pas besoin d'insister beaucoup pour que celle-ci se mette à l'ouvrage. La jeune fille admire l'habileté avec laquelle Mme Dorsel découpe un grand cercle de carton, le fend, en échancre l'intérieur, et le fixe autour du cou du chien, cousant les bords l'un sur l'autre.

Dago se laisse faire, l'air un peu surpris, sans manifester la moindre impatience. Quand on lui rend sa liberté, il s'écarte de quelques pas, lève une patte pour gratter son oreille douloureuse, mais, naturellement, ne peut l'atteindre et ne frictionne en fin de compte que le carton.

— Ne m'en veux pas, mon petit chéri, murmure sa maîtresse toute honteuse du tour qu'elle vient de jouer à son fidèle compagnon. Dans quelques jours, tu seras guéri...

Juste à ce moment, la porte s'ouvre, et son père paraît.

— Hé ! Dagobert ! lâche-t-il joyeusement. Joli déguisement ! Tu ressembles à Marie de Médicis !

— Ne te moque pas de lui ! le réprimande la jeune fille. Tu sais bien qu'il se vexe très facilement !

L'animal, en effet, paraît offensé par cette ironie. De sa démarche la plus digne, il quitte la pièce et se dirige vers la cuisine. On entend alors l'éclat de rire vibrant de Sylvie, la cuisinière, puis celui, beaucoup plus bruyant encore, du facteur.

— Oh ! Dago ! s'esclaffe Sylvie... Qu'est-ce que tu as fait pour mériter ce beau col ?

— Ça lui donne l'air plutôt empaillé ! constate la voix grave de l'employé de la Poste..

Ces sarcasmes irritent Claude. Jusqu'au soir, elle est d'une humeur massacrante.

— Vous êtes tous insensibles ! accuse-t-elle, pendant le dîner. Vous ne comprenez donc pas combien il est pénible pour ce pauvre Dago de supporter sa collerette ! Il ne peut même plus s'allonger à son aise. Et dire qu'il lui faudra garder ce carcan nuit et jour... jusqu'à la semaine prochaine !

— Calme-toi, ma chérie, intervient sa mère, d'une voix douce. Et tiens ! regarde-le ! il commence à s'y habituer !

— Mais tout le monde ricane en le voyant ! se désole la jeune fille. Cet après-midi, les enfants du voisin se sont pressés derrière la haie et l'ont montré du doigt. Le livreur de journaux m'a dit que j'étais cruelle de torturer mon chien. Quant à papa, il éclate de rire chaque fois qu'il le rencontre et...

— N'y prête pas attention... Pense plutôt que ta cousine Annie doit arriver dans deux jours. Elle ne s'amusera pas si tu passes ton temps à grogner !

L'humeur de l'adolescente ne s'améliore pourtant pas. Le lendemain, après deux altercations avec son père au sujet de Dago, une dispute avec des gamins qui se moquent de lui, et une prise de bec avec le fils du boulanger, elle décide qu'elle ne restera pas à la *Villa des Mouettes* un jour de plus.

— Je vais prendre ma tente et on s'en ira tous les deux, quelque part où personne ne pourra te voir, annonce-t-elle à son loyal compagnon. On reviendra quand ton oreille sera guérie et que je pourrai t'enlever ta collerette. C'est une bonne idée, non ?

— Ouah ! approuve l'animal.

Il apprécie toutes les idées de sa maîtresse, sauf celle de la collerette qui le déconcerte un peu.

— Même les chiens se moquent de toi, poursuit

Claude. Tu as vu l'horrible petit caniche de Mme Prigent ? À la façon dont il grimaçait, j'ai bien vu qu'il te raillait ! Je ne peux pas supporter ces moqueries, moi. Et toi ?

Certes, Dago est gêné par sa nouvelle apparence. Cependant, il est beaucoup moins bouleversé que son amie. Il la suit dans sa chambre et l'observe sortir du placard son matériel de camping. En même temps, les oreilles dressées, il l'écoute attentivement.

— On ira dans la lande, explique la jeune fille, là où Mme Le Meur nous a proposé de camper l'année dernière. On y sera tranquilles, loin de la mer et des baigneurs. Personne ne passe jamais par-là ! Et puis il y a une source, c'est tout ce qu'il nous faut... avec les provisions que Sylvie me donnera. Je prendrai mon vélo et on partira tous les deux. Annie viendra nous rejoindre si elle le veut... sinon, on se passera d'elle ! Allez, viens, Dag ! Tout est prêt, sauf le ravitaillement.

Mme Dorsel ne paraît pas tellement apprécier l'idée de sa fille. Les terres de la famille Le Meur s'étendent dans une région très isolée.

— Il n'y a que des rochers et des ajoncs là-bas, fait-elle observer. Tu vas t'ennuyer à mourir. Attends au moins qu'Annie soit arrivée.

Mais quand Claude a décidé quelque chose, il faut le réaliser vite. D'ailleurs, à quoi bon attendre et faire souffrir inutilement son pauvre chien ?

— Je veux bien te laisser partir, reprend sa mère,

si tu me promets d'être raisonnable et si ton père est d'accord. Attends-moi ici, je vais le lui demander.

La jeune femme entre dans le bureau de son mari et lui expose le cas. Il se met à rire.

— Que de chichis pour une malheureuse écorchure ! s'écrie-t-il. Mais si notre fille a envie d'aller camper, je n'y vois pas d'inconvénient. Elle est très capable de se tirer d'affaire seule, en attendant qu'Annie la rejoigne ; de toute façon, si on lui défend de partir, elle nous imposera sa mine renfrognée pendant toute la semaine !

C'est ainsi qu'en arrivant à la gare de Kernach le lendemain matin, Annie ne découvre que sa tante Cécile sur le quai.

— Où sont Claude et Dago ? interroge la fillette, surprise.

— Une lubie de ta cousine... soupire Mme Dorsel. Rien de grave. Viens, ma chérie, je t'expliquerai en chemin...

chapitre 2

Deux campeuses

Mme Dorsel raconte à sa nièce l'histoire de la collerette de Dagobert. Annie ne peut retenir un petit sourire.

— Pauvre Claude, je la vois d'ici ! Elle est folle de son chien : elle a dû souffrir cent fois plus que si sa propre oreille était blessée. Je peux aller la rejoindre tout de suite, tante Cécile ?

— Elle m'a chargée de te dire qu'elle t'attendrait à midi, à l'entrée du chemin conduisant au terrain de M. et Mme Le Meur. Tu sais où c'est ?

— Oui ! J'y serai ! Il fait un soleil superbe, un temps idéal pour le camping. Je suis ravie que Claude ait eu cette idée !

— Eh bien, tant mieux ! Vous resterez jusqu'à ce que Dagobert soit guéri. Je regrette seulement que tes frères ne soient pas avec vous. Tu as eu de leurs nouvelles ?

François et Mick, les frères aînés d'Annie, font

une randonnée en Espagne avec des camarades de lycée.

— Ils paraissent enchantés de leur voyage, assure la fillette, et ils n'ont pas encore réservé de billets de retour. Ils ne viendront peut-être même pas à Kernach cet été.

— Ta cousine sera désolée de l'apprendre, fait tante Cécile, qui aime beaucoup ses jeunes neveux et apprécie leur bonne influence sur sa fille.

— Il faudra que Claude se contente de moi ! déclare la benjamine du Club des Cinq. Oh ! je sens qu'on va passer des vacances bien reposantes, dans cette lande paisible !

Elle est si contente de camper avec sa cousine, et si loin de penser que la moindre aventure puisse leur arriver dans ce coin désertique, qu'elle part joyeusement, un sac bourré de provisions sur le dos.

À midi, elle arrive au lieu du rendez-vous et s'étonne de n'y voir personne. Tout autour s'étendent des terres couvertes d'ajoncs et de bruyères, avec, çà et là, des bouquets de chênes tordus par le vent et des plaques rocheuses où brille le soleil. Un vrai paysage de Bretagne, âpre et sauvage. Ce n'est pas le genre de campagne qu'Annie préfère, mais elle sait que sa cousine doit s'y plaire : c'est une retraite idéale pour dissimuler son chien.

« Pourvu que Claude n'ait pas changé d'avis, ou oublié sa promesse de venir me chercher, songe-t-elle en posant son sac à terre et s'asseyant dessus. Je n'ai pas envie de battre le terrain pour trouver sa tente. Telle que je la connais, elle a dû bien la cacher ! »

Quelques minutes passent sans que rien ne bouge sur la lande, sinon quelques branches d'ajoncs agitées par le vent. Impatientée, la fillette se relève.

« Claude a peut-être laissé un message pour moi chez les Le Meur, se dit-elle. Je vais aller voir. »

La maison du couple de pêcheurs se dresse toute proche, au bout du sentier bordé d'un muret de pierres sèches. Annie s'y engage. Elle ne trouve que la vieille Bretonne, occupée à préparer le déjeuner.

— Oui, la petite Dorsel est venue hier soir, affirme-t-elle en réponse aux questions de sa jeune visiteuse. Je lui ai proposé de camper près de la maison, mais elle est partie planter sa tente là-bas, à proximité de la source. Elle n'a pas voulu que mon mari l'accompagne, et je ne l'ai pas revue ce matin. Elle avait un air mystérieux, comme si elle dissimulait quelque chose.

— Oui ! fait la fillette en riant. Son chien ! Elle est venue se cacher avec lui chez vous, parce que tout le monde se moquait de sa collerette !

— Une collerette ? Qu'a donc cette pauvre bête ?

Mme Le Meur s'amuse beaucoup en apprenant l'histoire de Dago.

— Je promets que je garderai le secret de Claude ! assure-t-elle. Et, bien sûr, je n'irai pas vous rendre visite, comme j'avais pensé le faire... Je préviendrai mon mari. Vous ne serez pas dérangées !

Annie la remercie de sa compréhension et retourne au bord de la route attendre la campeuse.

« Si elle n'est pas là dans dix minutes, pense-t-elle, je commencerai à déjeuner sans l'attendre ! »

Un appel la fait soudain sursauter.

— Pst !

Sa cousine vient de se montrer, surgissant d'un buisson, à dix mètres du chemin. À son côté, bondit Dago : son col en entonnoir est plus surprenant que jamais dans le grand soleil.

— Quoi, tu étais là ? s'écrie la benjamine des Cinq. Tu te cachais ! Pourquoi ? Salut, mon vieux Dago. Comment va ta pauvre oreille ?

Claude est ravie de voir que la nouvelle venue s'inquiète de la blessure de son protégé sans rire de son accoutrement.

— J'avais peur que tu ne sois pas seule, explique-t-elle. Maman n'a pas changé d'avis ? Elle ne demande pas que je rentre ?

— Pas du tout, elle trouve seulement que tu aurais pu m'attendre pour partir.

— Je pensais que tu n'aurais pas envie de venir, mais puisque tu es là, tout va bien. Viens voir mon camp. Je suis magnifiquement installée près d'une petite source. Dago pourra boire autant qu'il voudra... et nous aussi. Tu as apporté des provisions ?

— Tante Cécile m'en a donné plein. Et elle dit que si on en veut d'autres, on n'aura qu'à retourner en chercher.

Un flot de joie envahit Claude.

— Au fond, j'ai eu une excellente idée ! constate-t-elle. Il fait beau. On va bien s'amuser, et l'oreille de mon chien sera guérie avant qu'on ait envie de rentrer à la maison. Viens ! il n'y a pas une minute à perdre !

Les deux cousines s'éloignent, Dagobert sur leurs talons. S'il les quitte parfois pour pousser une pointe rapide vers un terrier de lapin, ses disparitions ne durent pas. Et il revient aussitôt prendre place derrière les deux promeneuses, comme s'il se savait responsable de leur sécurité.

— Et François et Mick, quand est-ce qu'ils reviennent d'Espagne ? questionne soudain sa maîtresse. J'espère que Dag sera rétabli avant qu'ils arrivent et qu'on pourra être à la *Villa des Mouettes* pour les accueillir...

— Ne compte pas trop sur eux cet été, l'interrompt Annie. Je ne sais pas s'ils viendront.

— Quoi ? Mais ils passent ici tous les étés ! Ils ne vont pas nous abandonner, non ? Qu'est-ce qu'on va faire sans eux ?

— Il faut s'y résigner. Ils sont en randonnée sur la Costa del Sol et ravis d'y être. Dans toutes leurs lettres, ils délirent d'enthousiasme et ne parlent jamais de revenir.

— Oh ! fait sa cousine, dépitée.

— Ne prends pas cet air malheureux. On arrivera bien à s'amuser sans eux.

Claude ne prend pas un air malheureux. Elle est *vraiment* malheureuse. Ces vacances dont elle se réjouissait si fort lui apparaissent soudain comme d'interminables semaines où tout ne sera qu'ennui et monotonie.

— Sans eux, il ne nous arrivera pas la moindre aventure, se lamente-t-elle.

— Et alors ? Tu ne trouves pas que ce serait agréable, pour une fois, de passer des vacances paisibles, en nous amusant tout simplement, sans courir aucun danger ?

— Non ! riposte l'autre avec conviction. Quand tes frères ne sont pas là, on n'est plus rien... il n'y a plus de Club des Cinq...

— Ouah ! approuve tristement Dagobert en s'asseyant.

Puis il lève la patte pour se gratter l'oreille et se heurte au col de carton.

— Ouah ! répète-t-il avec un soupçon de colère dans la voix, mais, juste à ce moment, la brise lui apporte une odeur de lapin, et il s'élance à travers la lande, aussi léger que s'il n'avait pas ce carcan autour du cou.

— Dag est bien moins préoccupé que toi par sa collerette ! déclare Annie. Est-ce qu'on va bientôt arriver à ton camp ?

— Je me suis installée le plus loin possible, tout près d'une maison en ruine. Tu la connais ?

— Non.

— Je ne l'avais jamais remarquée non plus, elle est presque entièrement cachée sous des rosiers qui grimpent à l'extérieur aussi bien qu'à l'intérieur.

— Est-ce qu'on peut se baigner quelque part ?

— Je ne sais pas. Il faudra explorer les environs. J'ai apporté mon maillot de bain et j'espère m'en servir, mais je ne pouvais pas m'installer près de la côte, tu comprends... il y a bien trop de monde.

— Oui, c'est sûr, acquiesce la fillette en souriant.

Les deux vacancières arrivent bientôt en vue de la tente dressée par Claude. Elle dessine un joli triangle jaune, au pied d'un sapin isolé au milieu de la lande, où les bruyères commencent à rosir.

— Et voilà la source ! annonce triomphalement la maîtresse de Dago, entraînant sa cousine quelques mètres plus loin.

La source est charmante. Aménagée par les anciens habitants de la chaumière aujourd'hui ruinée, elle s'écoule hors d'une rustique construction de pierres. Son filet d'eau y jaillit, pur comme le cristal. Annie sort un gobelet de son sac et l'enfonce à moitié dans le ruisseau.

— Hmmm ! elle est fraîche ! s'émerveille-t-elle après en avoir bu une gorgée. J'ai tellement soif que j'en boirais des tonneaux !

— Moi, j'ai surtout faim ! s'exclame Claude. Si tu as des provisions, on pourrait déjeuner tout de suite, non ?

Les cousines partagent gaiement les sandwichs préparés par Sylvie, et en abandonnent une partie à Dago qui a droit, en plus, à une large ration de gâteaux pour chiens, puis elles s'allongent à l'ombre, sur la bruyère encore chaude de soleil.

— On est vraiment bien ici, constate la benjamine du Club des Cinq. On est seules avec les lapins et les oiseaux... C'est le paradis !

— Écoute ce silence, chuchote l'autre en étouffant un bâillement et, juste à ce moment, on entend un bruit.

Un bruit aigu de fer frappant sur la pierre. Il se répète plusieurs fois, puis s'arrête.

— Qu'est-ce que ça peut être ? demande Claude en se redressant.

— Aucune idée ! Mais ça vient de loin. Si tout n'était pas tellement silencieux, on ne l'entendrait même pas...

Le son reprend, et s'arrête encore. Mais les deux filles n'y prêtent plus attention. Elles se sont endormies.

Claude ne s'éveille que plus tard, quand Dagobert, revenant d'une de ses chasses au lapin et s'ennuyant seul sans doute, vient se coucher lourdement sur ses jambes. Elle se redresse en sursaut.

— Dago ! s'écrie-t-elle. Va-t'en !

Poliment, le chien se déplace de quelques centimètres, ramasse quelque chose qu'il a laissé tomber à terre, et, se recouchant plus loin, se met à le ronger. Sa maîtresse observe ce que c'est.

— Un os ! Où as-tu trouvé un os ? Annie, c'est toi qui le lui as apporté ?

— Hein ? bafouille sa cousine, à demi endormie. Qu'est-ce que tu dis ? Non, je n'ai pas apporté d'os. Pourquoi ?

— Dag en a trouvé un. Et il y a encore des morceaux de viande cuite dessus. Dago ! Où as-tu pris ça ?

— Ouah ! fait l'animal, posant la carcasse aux pieds de l'adolescente et la scrutant d'un regard curieux.

Pourquoi s'intéresse-t-elle tant à cet os ?

— Tu crois que quelqu'un d'autre campe dans les parages ? demande la benjamine des Cinq, complètement réveillée. Les os ne poussent pas sur la bruyère, que je sache ! Et celui-là est encore plein de viande. Tu l'as pris à un autre chien, Dag ?

Ce dernier agite la queue sans répondre. Il a l'air parfaitement satisfait de lui-même.

— C'est un vieux reste. Il sent mauvais. Va le manger plus loin, ou enterre-le, Dago, ce sera encore mieux !

L'animal s'éloigne. De nouveau, des bruits métalliques s'élèvent dans le silence. Claude fronce les sourcils.

— Viens, Annie, décide-t-elle. J'ai comme l'impression qu'il y a des campeurs dans les parages. Allons explorer les environs, et si on n'est pas seules, on déménagera. Je veux être tranquille, moi !

chapitre 3

La chaumière en ruine

Les deux filles, suivies de Dagobert, quittent l'ombre du sapin sous lequel elles ont dormi, et s'avancent dans la lande brûlée de soleil, en direction de la source. On ne voit personne...

— Où est ta chaumière en ruine ? questionne Annie.

— Juste de l'autre côté ! Viens voir.

Tout près du ruisseau, un bouquet de chênes rabougris cache à la vue l'ancienne petite ferme, mais il suffit de faire quelques pas pour la découvrir : un amas de pierraille envahi de verdure, où se découpe çà et là le trou noir d'une porte ou d'une fenêtre.

— Si on la visitait ? Elle a l'air vieille...

— Allons-y, acquiesce Claude, je n'y suis pas encore entrée. Mais il suffit d'y jeter un coup d'œil pour voir qu'elle n'est pas habitable.

L'adolescente ne se trompe pas. L'entrée n'est

plus qu'une arche de pierre béante, d'où la porte de bois a disparu. À l'intérieur, le sol, autrefois dallé de pavés blancs, est maintenant verdoyant. La végétation s'est insinuée dans toutes les fentes et a peu à peu disloqué et même soulevé le pavage. En deux ou trois endroits, des pans de murs se sont fissurés, découvrant des lambeaux de ciel à travers les branches touffues des rosiers. Une des deux fenêtres est encore solide malgré ses carreaux cassés, l'autre, complètement pourrie, s'est effondrée. Dans un angle, un petit escalier de pierre, tournant sur lui-même, conduit à l'étage.

— Il y a des chambres en haut, constate Annie. Et ici, cette autre pièce devait être la cuisine : il y a un vieil évier et une pompe.

— Rien de bien intéressant, résume sa couine. Inutile de monter à l'étage, il n'y a pas de toit... Oh ! Tu as vu cette porte ? Elle tient encore debout, celle-là !

Elle tente d'ouvrir le battant qui résiste à une première pression, mais, à la seconde, s'arrachant de ses gonds, il s'abat d'un seul coup avec un bruit terrible. Au-delà apparaît une petite cour herbeuse.

La jeune fille a un sursaut de surprise.

— Wah ! s'exclame-t-elle. Je ne pensais pas que ça s'écroulerait si facilement. Et Dago non plus. Il a eu peur. Regarde-le, il se sauve !

Son acolyte est déjà entrée dans la cour, que clôturent d'autres bâtiments, en aussi mauvais état que la maison.

— À mon avis, ici, c'était un poulailler, énumère-t-elle, et, là, une étable. Ici, il y avait une mare pour les canards. Elle est complètement asséchée. Tiens ! l'écurie est mieux conservée que le reste. Le sol est en bon état, et les mangeoires pas tout à fait rouillées. Oh ! un vieux, vieux harnais pendu à ce clou !

L'autre fait la moue.

— Toi qui n'aimes pas les ruines, bougonne-t-elle, pourquoi tu t'intéresses tant à celles-ci ? Elles n'ont rien de passionnant.

— Si ! J'essaie d'imaginer les gens qui vivaient ici. Je pense qu'ils devaient être heureux... On entendrait presque les poules caqueter et les canards...

— Coin ! Coin ! Coin ! Cot-cot-cot-codett !

La fillette ravale brusquement sa salive avec la fin de sa phrase, et regarde sa cousine. Mais ce n'est pas Claude qui s'amuse à lui faire une farce. Tout ahurie et un peu pâle, elle scrute autour d'elle, essayant vainement d'apercevoir les volatiles qui ont cancané.

— Qu'est-ce que c'est ? interroge l'adolescente.

Puis elle éclate de rire.

— Ta description était tellement convaincante que j'ai cru percevoir les poules et les canards ! explique-t-elle. Si tu avais parlé d'ânes, je les aurais entendus braire...

— Hi-han ! Hi-han !

Il n'y a pas à s'y tromper cette fois. Le braiment d'un âne vient de trouer le silence. Les deux cousines se dévisagent, effrayées, puis cherchent des yeux Dagobert. Il a disparu.

— Coin ! Coin ! Coin !

Les canards, de nouveau, poussent leurs appels stridents.

— C'est ridicule ! s'énerve Claude. D'où viennent ces cris ? Il doit y avoir près d'ici une ferme habitée qu'on n'a pas vue. Dago ! Viens, on va chercher la ferme !

Le chien ne réagit pas, et sa maîtresse siffle pour attirer son attention. Son sifflement retentit, aigu et un peu tremblant. Mais un autre, identique, lui revient en écho.

— Dag ! hurle la jeune fille, de moins en moins rassurée.

Son protégé paraît enfin. Il avance la tête basse et l'échine creuse, comme tout chien qui a mauvaise conscience. Sa queue se balance en signe de repentir, et, sur cette queue, les jeunes vacancières aperçoivent un ornement insolite : un beau, un très joli nœud de ruban bleu.

— Dag ! Tu... tu viens d'où ? Qu'est-ce que c'est que ce ruban ? Qui est ici ?

Mais les deux campeuses ont beau fouiller les environs, la maisonnette en ruine et ses annexes, elles n'aperçoivent personne.

— Pourtant, il y a quelqu'un ! martèle Claude exaspérée, ce n'est pas Dago lui-même qui a noué ce ruban.

— Peut-être un passant ?

— Non ! Mon chien ne laisse pas des inconnus l'approcher, et encore moins le décorer aussi stupidement ! Je ne comprends rien ! Enfin, je crois surtout qu'il n'y a rien à comprendre ici. Allons-nous-en !

Les promeneuses regagnent leur camp. La première est d'une humeur massacrante, la seconde assez effrayée. Dagobert se couche à leurs pieds dès qu'elles sont assises, puis, quelques minutes plus tard, il se relève. D'une démarche assurée, il se dirige droit vers un épais buisson d'aubépine et tente de se glisser dessous.

— Où il va, encore ? grogne sa maîtresse. Il devient fou, ou quoi ! Dag ! tu ne peux passer là-dessous avec ta collerette, voyons ! Allez ! viens ici !

L'animal recule à regret, arrachant au buisson sa fraise de carton déjà cabossée. Derrière lui, apparaît un tout petit fox borgne, au poil noir et blanc. Son œil valide est remarquablement vif, son poil étonnamment brillant, et la bête tout entière, depuis l'extrémité noire de son museau jusqu'à la fine pointe de sa queue, est agitée d'un frétillement joyeux.

— Eh bien, s'étonne Claude, en voilà une drôle de bestiole ! Je me demande pourquoi Dago ne la chasse pas... On dirait qu'ils se connaissent !

— Ouah ! confirme ce dernier, conduisant le nouvel arrivant à son amie.

Puis il entreprend de déterrer l'os mystérieusement découvert quelques heures plus tôt, pour l'offrir à l'inconnu.

La jeune fille n'y comprend rien.

— On m'a changé mon toutou ! s'écrie-t-elle. Encore un peu et il nous ramènera un chat !

— Miaou ! Miaou !

Les cousines sautent sur leurs pieds. Les deux chiens redressent la tête, le poil hérissé.

— De plus en plus fort ! murmure Annie, partagée entre la peur et l'envie de rire.

Mais Claude ne s'amuse pas du tout. Elle observe son protégé qui se précipite vers le buisson, et s'élance à sa suite, accompagnée du mystérieux roquet.

— Ici, Dag ! s'égosille-t-elle. Ici ! et toi, petit, n'avance pas. Annie, viens le tenir pendant que je cherche le chat. N'aie pas peur, il ne te mordra pas. Il est très bien élevé.

L'animal l'est en effet. Il observe la benjamine des Cinq, avec son bon œil brillant de joie, et ne cesse d'agiter la queue. La maîtresse de Dagobert se glisse sous le buisson. Tout d'abord, elle ne voit rien, tant le feuillage est touffu et l'ombre épaisse. Puis elle aperçoit quelque chose et, si elle n'était aussi brave, elle hurlerait de frayeur.

Ce quelque chose n'est pas un chat, mais un visage grimaçant. Un visage aux yeux clairs, sur lesquels retombent des mèches blondes en broussaille, et dont les lèvres s'ouvrent sur deux rangées de dents très blanches.

— Miaou ! Miaou ! répète la bouche.

La jeune investigatrice recule plus vite qu'elle ne s'est avancée.

— Qu'est-ce que c'est ? lui demande sa cousine.

Mais Claude doit attendre que son cœur batte moins vite pour pouvoir lui répondre.

— Quelqu'un se cache là. Un type de mon âge, environ... c'est lui qui miaule.

— Miaou ! Mia-o-u !

— Sors de là ! lance Annie. Et montre-toi !

Il y a un bruit de branches cassées, puis une tête paraît, et un garçon s'extirpe à quatre pattes de sous les broussailles. Quand il se redresse, on peut voir qu'il est solidement bâti et possède un visage sympathique, l'air effronté et rieur. En l'apercevant, Dagobert s'élance vers lui et lui lèche affectueusement les mains. Sa maîtresse le regarde faire, ahurie.

— Mon chien te connaît ? interroge-t-elle enfin.

— Il est venu me trouver dans mon propre camp, hier soir, explique l'autre. Je lui ai donné un os, et il a fait connaissance avec mon fox, Radar. Tout à l'heure, il est revenu, je lui ai montré un autre os ; on est bons amis, maintenant.

— Je vois, fait l'adolescente sèchement. Mais je n'aime pas que Dago accepte la nourriture offerte par des inconnus...

— Tu as parfaitement raison, approuve le garçon. Mais j'ai préféré lui donner cette carcasse à croquer que d'être croqué moi-même par lui ! C'est sa collerette qui le rend susceptible... Et Radar a tellement ri en le voyant arriver !

Claude fronce les sourcils.

— Il a une plaie à l'oreille, déclare-t-elle, et je suis justement venue camper ici pour que personne ne se moque de lui. J'imagine que c'est toi, l'imbécile qui lui a attaché un ruban à la queue ?

— Oui, c'est moi. J'aime bien faire des blagues. Toi, on dirait que tu n'as pas beaucoup d'humour... contrairement à ton Dago ! Il a joué avec Radar. Mais moi, j'ai voulu savoir à qui il appartenait.

— C'est toi aussi qui as fait le canard tout à l'heure ? Et l'âne et la poule ? Quel talent !

Malgré sa mauvaise humeur, la maîtresse de Dagobert se sent attirée vers cet adolescent farfelu, au large sourire amical.

— Tu fais quoi, ici ? demande-t-elle. Tu campes ? Tu fais une randonnée ?

— Non ! je fais des fouilles. Mon père est archéologue, et il m'a transmis la passion des vieilles pierres. Un camp romain occupait autrefois ce terrain. Papa en a retrouvé l'emplacement, et je creuse pour le plaisir de trouver n'importe quoi : poteries, armes ou vieux murs. Ah ! j'ai découvert ceci hier. Regardez.

En même temps, il sort de sa poche une pièce de monnaie tout usée et tordue.

— Ce profil est celui de Marc-Antoine, affirme-t-il. Vous voyez que le site est très ancien.

— Oh ! on viendra le visiter ! décide Annie.

— Non, ne venez pas ! J'ai horreur d'être dérangé quand je travaille. Ne vous montrez pas, et je ne vous ennuierai plus. Promis ?

— Promis, répète Claude froidement. Mais tu nous promets aussi de ne plus jouer de tours, ni à nous ni à Dago ?

— C'est juré ! Vous ne me verrez plus. Je sais maintenant à qui appartient le chien, c'est tout ce que je voulais. Salut !

Et, sifflant Radar, le garçon s'en va en courant à travers la lande. Les deux filles se regardent :

— Drôle de garçon, commente la plus grande. C'est presque dommage de ne plus le voir, non ?

chapitre 4

Cette nuit-là

La montre d'Annie indique que l'heure du goûter est passée depuis longtemps.

Les deux vacancières boivent à longs traits l'eau de la source, en y ajoutant quelques gouttes de sirop de grenadine, et croquent une bonne quantité de biscuits au chocolat. Le chien n'est pas oublié.

Claude examine ensuite, pour la centième fois de la journée, l'oreille de son cher Dago et déclare que la blessure est en bonne voie de guérison.

— Il est trop tôt pour lui retirer sa collerette, affirme sa cousine, il pourrait encore s'écorcher en se grattant.

— Mais je n'ai pas l'intention de la lui enlever, rétorque l'autre, bourrue. On est ici pour qu'il puisse la garder. Allez, viens ! On va se promener.

— Bonne idée. On va où ? Tiens ! les coups qu'on entendait pendant le déjeuner recommencent... Ce doit être ce garçon qui fait des fouilles. J'aimerais bien le voir à l'œuvre.

— On a promis de ne pas le déranger. On n'est même pas censées avancer vers son camp.

— Allons nous balader du côté opposé, le plus loin possible, et espérons qu'on ne se perdra pas.

— Avec Dag, il n'y a aucun danger ! assure Claude. Il retrouverait son chemin, même si on l'emmenait sur la lune. Hein, mon chien ?

— Ouah ! approuve ce dernier.

— Tu ne risques rien à le lui demander, fait observer Annie en riant, il répond oui à toutes tes questions !

Les deux filles font une très jolie promenade, que trouble seulement le regret de l'absence de François et de Mick. S'ils étaient là, la lande paraîtrait plus belle, les chemins plus aventureux et le soleil plus éclatant, mais il faut reconnaître que les lapins bondissant dans la bruyère ne pourraient être plus amusants. Les vacancières restent longtemps assises à les considérer, à la grande surprise de Dagobert qui réprouve toujours ce genre de distraction. La seule activité amusante, c'est de leur courir après !

Lorsqu'elles regagnent leur base, les campeuses entendent un léger sifflotement. Quelqu'un rôde dans les parages ! Exaspérée, Claude s'élance à la recherche du coupable. En contournant un buisson, elle manque de renverser un jeune garçon qui s'écarte poliment pour la laisser passer.

— Quoi ! C'est toi ! s'indigne l'adolescente. Je ne connais même pas ton nom ! Qu'est-ce que tu fais ici, encore ? Tu avais promis de ne pas revenir.

Son interlocuteur la dévisage d'un air stupéfait.

— Moi ? Mais je ne t'ai rien promis, riposte-t-il en rejetant en arrière les mèches blondes qui s'obstinent à retomber sur son front.

— Si ! Tu nous l'as juré tout à l'heure ! hurle Claude, qu'une telle mauvaise foi révolte.

Mais l'autre, en colère lui aussi, continue de nier.

— Je n'ai jamais fait aucune promesse, insiste-t-il.

— Et tu vas aussi me dire que tu ne t'es jamais amusé à imiter la poule, le canard et l'âne ?

— Et le chat... s'empresse d'ajouter Annie.

Le garçon lève les yeux au ciel.

— Elles sont folles ! soupire-t-il. Archifolles !

Et son regard s'emplit d'un air d'apitoiement, absolument insoutenable.

— Tu as l'intention de revenir souvent ? questionne Claude.

— Aussi souvent que ça me plaira. L'eau de cette source est bien meilleure que celle qui coule près de mon camp.

— Très bien ! lance la jeune fille d'un ton pincé. Dans ce cas, tu ne t'étonneras pas si tu nous vois flâner du côté où tu es installé.

— Allez-y, rôdez si ça vous amuse. Je m'en moque ! Vous êtes peut-être dingues, mais sûrement inoffensives ! Seulement, n'amenez pas votre chien ! Il serait capable de dévorer le mien.

Et, pivotant sur ses talons, l'adolescent s'en va, secouant ses mèches rebelles d'un air dégoûté.

Claude se tourne vers sa cousine.

— Drôle de garçon, quand même ! commente-t-elle. Tu crois qu'il a réellement oublié sa promesse... et le reste ?

— Je ne sais pas ! Je me demande aussi pourquoi il était si désagréable après avoir été si gentil ce matin ?

— Je ne vois qu'une explication possible, conclut la maîtresse de Dago en éclatant de rire, c'est qu'il est tombé sur la tête depuis qu'on l'a vu. Bah ! ça ne sert à rien de se tracasser pour lui, on a mieux à faire : dîner et se coucher ! Je suis épuisée et je ne sais vraiment pas pourquoi.

— Tu veux te coucher déjà ?

— Le plus tôt possible ! Pas toi ?

— Moi, j'aimerais m'étendre sur la bruyère et regarder les étoiles illuminer le ciel. Je crois que je préférerais ne pas dormir sous la tente, tu vois. Elle n'est pas grande, et quand Dagobert sera couché sur tes jambes, je ne saurai plus où me mettre !

— Mais je ne demande qu'à dormir dehors, moi aussi. Je n'ai utilisé la tente, hier, que par crainte de la pluie. Ce soir le temps est superbe, sans un nuage. Profitons-en !

— Occupe-toi du dîner, je vais couper de la bruyère pour nous faire un matelas. Avec une couverture par-dessus, on sera très bien !

Une bonne demi-heure plus tard, le « lit » est prêt et Dago va s'y étendre de tout son long.

— Hé ! ce n'est pas pour toi, lui fait remarquer sa maîtresse. Va-t'en ! Tu vas tout aplatir !

L'animal se relève à regret, grignote le gâteau qu'on lui tend et retourne s'allonger sur le matelas de bruyère. Claude ne l'aperçoit qu'un moment plus tard. Dans l'auréole de sa collerette gondolée, sa tête repose tant bien que mal sur ses pattes allongées. Ses paupières sont closes.

— Vieux farceur ! s'amuse-t-elle. Tu ne dors pas ! Ce n'est pas vrai ! Lève-toi !

Dagobert obéit cette fois encore, mais, quand les filles reviennent de la source après avoir fait leur toilette, elles le retrouvent à la même place.

— On te dit que ce n'est pas ton lit, doivent-elles lui expliquer pour la troisième fois en le repoussant. Tu as droit à cette belle plaque d'herbe verte, là, tu vois ! Laisse-nous tranquilles.

Et, pour éviter une quatrième occupation des lieux, elle s'étend elle-même sur la bruyère qui s'affaisse légèrement sous son poids.

— Très agréable, annonce-t-elle. Dag a bon goût.

— J'apporte ma couverture pour se couvrir si on a froid, décide Annie. Installons-nous vite. Je vois déjà une étoile !

Il y en a bientôt six ou sept, puis des centaines... C'est une nuit magnifique.

— Elles paraissent si petites... murmure la benjamine du Club des Cinq. Elles doivent être tellement loin... Des millions de kilomètres nous séparent d'elles ! En y pensant je me sens microscopique. Pas toi, Claude ?

Mais il n'y a pas de réponse. Sa cousine dort déjà. Sa main retombe le long du matelas de bruyère et demeure immobile sur l'herbe. Le chien s'en approche doucement et lui donne un léger coup de langue. Puis il s'endort à son tour.

La nuit se fait plus sombre. Les étoiles brillent d'un éclat plus vif. Un silence absolu règne en ce lieu sauvage, à l'écart de tout. On n'entend même pas voleter un oiseau de nuit.

Vers une heure du matin, Annie s'éveille. Elle demeure un instant étonnée, ne sachant plus où elle est, croyant encore rêver de constellations d'astres. Elle sent alors qu'elle a très soif. Elle se lève, se glisse sous la tente et cherche un gobelet qu'elle ne trouve pas.

« Tant pis, se dit-elle, je boirai dans mes mains. »

Et elle se dirige vers la petite source. Dagobert se demande s'il doit la suivre, mais il pense que, si sa maîtresse se réveille, elle ne sera pas contente de voir qu'il l'a abandonnée. Il se recouche et se rendort, une oreille dressée pour suivre les allées et venues d'Annie.

Celle-ci arrive sans peine au ruisseau, guidée par le léger bruit des gouttelettes. L'eau lui paraît si délicieusement fraîche dans cette nuit chaude, qu'après en avoir bu, elle s'en passe sur le visage.

Puis elle se redresse et repart. Mais à peine a-t-elle fait quelques pas qu'elle se demande si elle avance dans la bonne direction. Elle n'en sait plus rien.

« Je crois que oui », se dit-elle.

Et elle continue d'avancer, regardant tour à tour le sol et l'horizon où elle espère apercevoir la bâche claire de la tente. Elle ne doit plus en être loin, à présent. Soudain, elle s'arrête, effrayée. Devant elle, une lumière vient de scintiller, puis de s'éteindre. Qu'est-ce que ça peut être ? Ah ! la voici qui reparaît encore !

Son regard aiguisé par la peur permet enfin à la fillette de comprendre qu'elle est partie dans le mauvais sens. Ce qu'elle a devant elle, ce n'est pas la tente, mais la chaumière en ruine... et c'est de là que provient la lueur !

Annie sent un frisson de panique parcourir sa colonne vertébrale. Elle voudrait bien s'en aller, mais ses pieds résistent, comme collés à la terre. Soudain, elle entend des bruits étouffés, des voix basses et autre chose : un son mat, semblable à celui que ferait un ballon de football rebondissant sur des marches... Qu'est-ce donc ? La maison en ruine est inhabitée depuis des dizaines d'années au moins ! Ces chuchotements sourds seraient-ils émis par des spectres ?

Le souffle court, la gorge serrée, la benjamine des Cinq n'a plus alors qu'une idée : déguerpir au plus vite ! Aussi silencieusement que possible, elle revient sur ses pas jusqu'à la source, puis, plus rapidement encore, reprend sa course vers le camp et s'abat sur le lit de bruyère où sa cousine continue à dormir paisiblement.

— Claude ! Claude ! halète-t-elle. Réveille-toi ! Il se passe des choses étranges. Je crois que la chaumière en ruine est hantée !

chapitre 5

Encore ce garçon

Claude se retourne en grognant, mais ne se réveille pas.

— S'il te plaît ! répète Annie. Écoute-moi.

Elle n'ose parler trop fort : qui sait ce qui peut arriver si le bruit de sa voix attire l'attention des intrus... s'ils s'approchent du camp... ?

Sa cousine ouvre enfin un œil et grogne d'une voix qui résonne dans le silence :

— Oh ! Laisse-moi tranquille...

— Chut ! fait l'autre, paniquée. Chut !

— Pourquoi chut ? questionne la maîtresse de Dago. On est seules ici. On peut faire autant de bruit qu'on veut !

— Justement... non, on n'est p-pas... s-seules... ! halète Annie, en se cramponnant à son bras. Il y a quelqu'un dans la maison en ruine.

Cette fois, Claude est tout à fait réveillée. Elle se redresse et écoute l'histoire que la benjamine des

Cinq lui relate à voix basse. Aussitôt après, elle s'adresse à son chien :

— Dago ! lui dit-elle sans élever la voix. Je vais aller faire un tour là-bas ! Tu m'accompagneras, d'accord ? Et pas de bruit, hein !

Puis, se tournant vers sa cousine, elle ajoute :

— Toi, recouche-toi et attends-nous ! On va essayer de voir ce qui se passe et on te racontera tout au retour.

— Oh ! non ! supplie la fillette. Non ! je ne pourrai jamais rester ici toute seule. J'aime mieux venir, je n'aurai pas peur avec Dag. Je ne comprends pas pourquoi il n'a pas aboyé quand cette lueur s'est mise à briller.

— Il a dû penser que c'était toi.

L'autre, rassurée par cette explication, approuve d'un hochement de tête.

Les deux filles s'avancent silencieusement en direction de la chaumière, Dagobert collé à leurs talons. Il sait qu'il ne doit pas s'élancer tant qu'il n'en aura pas reçu l'ordre ; aussi, les oreilles dressées, il marche lentement, tous les sens aux aguets.

Quand le trio arrive en vue de la maisonnette, il s'immobilise, et chacun se livre à un examen attentif, sans rien découvrir d'anormal. Les pans de murs écroulés sont très visibles sur le ciel noir, mais aucune lumière n'y scintille plus, aucun son ne se fait entendre. Les filles s'approchent encore de quelques pas et attendent cinq bonnes minutes dans l'immobilité la plus complète. Rien ne se produit, sauf qu'à la longue, Dago, lassé par ce jeu sans intérêt, se détourne de l'objectif et, s'asseyant, se met à gratter bruyamment sa collerette de carton.

— Il n'y a personne là-dedans, souffle Claude. Ou bien ceux qui y étaient sont partis, ou bien tu as rêvé !

— Je n'ai pas rêvé ! s'offusque Annie. Attendons encore un peu ou envoyons Dagobert en exploration. S'il trouve quelqu'un dans ces ruines, il aboiera...

— Va, Dag ! ordonne sa maîtresse en montrant à son chien la mystérieuse bâtisse.

L'animal ne se le fait pas dire deux fois. Il bondit dans la direction indiquée et disparaît, happé par l'ombre. Les campeuses ne le voient même pas entrer dans la masure, et demeurent le cœur battant, les yeux écarquillés. Elles ne sont guère rassurées. Mais le silence se prolongeant, à peine troublé de loin en loin par quelques pierres foulées sous les pattes de Dagobert, Claude retrouve son audace habituelle.

— Tu as rêvé, répète-t-elle. Il n'y a personne !

— Je t'assure que j'ai entendu parler.

— Tu ne crois quand même pas que c'étaient des fantômes !

La fillette ne répond pas.

Sa cousine élève la voix :

— Dago ! appelle-t-elle. Reviens, Dag ! On s'en va !

Un instant plus tard le chien, de retour, se frotte

aux jambes de ses deux jeunes amies. Puis il bâille. Sa maîtresse se met à rire.

— Mon pauvre vieux, s'attendrit-elle en lui caressant l'échine. On t'empêche de dormir pour rien. Annie a eu un cauchemar, c'est tout. Il ne faut pas lui en vouloir ! Retournons nous coucher !

La benjamine du Club des Cinq ne répond pas. Elle est vexée, très vexée, et dès qu'elle a regagné le matelas de bruyère, elle s'allonge, tournant ostensiblement le dos à son acolyte. Elle s'endort sans proférer une parole.

Cependant, quand elle s'éveille le lendemain matin et que, dans la pleine clarté du jour, elle évoque les événements de la nuit, un sentiment de gêne la gagne. Est-elle bien sûre de n'avoir pas rêvé ? Ces lumières et ces bruits de voix étaient-ils le seul fruit de son imagination ? S'il y avait eu quelqu'un dans la chaumière, Dagobert l'aurait sûrement débusqué...

Aussi, quand Claude entreprend de taquiner sa cousine sur ses « divagations nocturnes », la fillette ne montre plus la moindre mauvaise humeur.

« Elle reconnaît s'être trompée, pense la maîtresse de Dago. Ça peut arriver à tout le monde. N'insistons pas ! »

Et pour occuper cette nouvelle journée, elle propose d'aller visiter le camp de leur jeune voisin.

— Je ne vois pas trop ce qu'on pourrait faire d'autre ! remarque Annie.

— Moi non plus, je voudrais bien que l'oreille

de Dagobert guérisse vite. Les distractions sont rares dans ce coin perdu... et s'il nous faut rester ici encore plusieurs jours, on ne s'amusera pas beaucoup ! Ah ! dommage que François et Mick...

— C'est exactement ce que je me disais, complète sa cousine en poussant un long soupir. Mais il vaut mieux ne plus y penser puisqu'ils ne viendront pas.

Un instant plus tard, pourtant, elle ajoute avec un nouveau soupir :

— S'ils étaient avec nous, je suis sûre que ce type nous aurait demandé de l'aider dans ses fouilles... On aurait peut-être trouvé un trésor !

Grâce à l'écho des petits martèlements métalliques qui se font entendre ce matin-là avec une remarquable régularité, l'emplacement de l'ancien camp romain n'est pas difficile à trouver. Radar, surgissant hors d'un roncier, vient prouver aux promeneuses qu'elles sont sur la bonne route. Sa queue frétille à la vue de l'ami Dago et les deux chiens se font la fête.

Le site archéologique se dévoile brusquement au creux d'un petit vallon. Ce n'est pas un beau spectacle ! Le sol a été retourné presque partout, parfois très profondément. Il semble impossible qu'un jeune garçon, tout seul, ait pu remuer autant de terre.

— Il est où ? questionne Claude, n'apercevant personne.

À ce même moment, elle le découvre, au fond

d'une tranchée, juste sous ses pieds. Il examine un objet boueux qu'il vient d'arracher au sol, mais, voyant les deux campeuses, il le laisse aussitôt retomber et bondit hors de la fosse.

— Qu'est-ce que vous faites ici ? s'écrie-t-il d'une voix vibrante de colère. Vous m'aviez promis de ne pas venir ! Ah ! ça, c'est bien les filles ! Curieuses, fureteuses et incapables de tenir une promesse !

— C'est le comble ! s'exclame la maîtresse de Dagobert, éberluée. C'est toi qui commences par ne pas tenir la tienne et tu nous accuses d'être curieuses ! Qu'est-ce que tu faisais hier soir dans notre camp ?

— Hier soir ? Je n'ai pas mis les pieds dans votre camp ! Je n'ai qu'une parole, moi ! Allez ! Déguerpissez ! Vous n'avez rien à faire ici !

— Exact ! réplique l'adolescente, écœurée par cet excès de mauvaise foi. On ne veut rien avoir à faire avec quelqu'un d'aussi stupide que toi, ni avec tes pauvres fouilles. Salut !

— Salut, et bon débarras ! lance l'autre en sautant dans sa tranchée.

— Il est sûrement fou, murmure Annie. Tout ce qu'il dit est incohérent.

— Bah ! Ne nous occupons pas de lui.

Son ton est léger et insouciant, mais elle est profondément déçue. Le garçon lui a paru si sympathique à leur première rencontre !

Le regard à terre, elle suit sans la voir une petite

sente, probablement tracée par le passage des lapins. La piste conduit à un bouquet de chênes. En y arrivant, les vacancières sursautent et s'arrêtent : au pied de l'un des arbres, quelqu'un est assis et lit. En les entendant approcher, ce quelqu'un relève la tête : c'est le blondinet, encore ! Comment est-il déjà là ? Elles l'ont laissé dans la cavité boueuse, et elles le retrouvent paisiblement installé, parcourant un livre dont le titre inclut le mot « archéologie » !

— Encore une de tes blagues ? interroge Claude, sarcastique.

— Oh ! ces gamines, toujours ! grogne son interlocuteur. Vous ne pouvez pas me laisser tranquille ?

— Comment es-tu venu si vite ?

— Je ne suis pas venu vite du tout... je suis venu très lentement au contraire, en lisant tout au long du chemin.

— Menteur...

— Oh ! assez ! Vous me traitez de menteur chaque fois que vous me voyez, et vous ne cessez de mentir vous-mêmes. Taisez-vous, allez-vous-en, et que je ne vous revoie plus !

— Pour une fois, on est d'accord ! rétorque la jeune fille en pivotant sur ses talons. J'espère bien ne plus jamais te rencontrer !

Et elle s'éloigne, suivie d'une Annie de plus en plus perplexe.

— J'ai déjà vu des types bizarres, déclare celle-ci après un instant de réflexion, mais à ce point-là... Dis, tu penses que c'est lui que j'ai entendu cette nuit dans la chaumière ?

— Non, parce que je suis sûre que c'est toi qui as rêvé. Mais il faut reconnaître qu'il est assez hurluberlu pour faire n'importe quelle absurdité, comme de se promener la nuit dans des ruines... Oh ! regarde ! ce n'est pas un étang que j'aperçois là-bas ?

C'est un étang en effet, et très séduisant avec son eau claire et ses roseaux que survolent des libellules.

Grâce à lui, les deux filles ne s'ennuient pas trop ce jour-là. Elles passent une bonne partie de l'après-midi à se baigner, se sécher au soleil et retourner à l'eau. Puis elles décident de se rendre à la *Villa des Mouettes*, pour renouveler leur stock de provisions.

Mme Dorsel est tout étonnée de les voir surgir avec le chien, et les félicite en riant de leur bon appétit.

— Allez à la cuisine, leur recommande-t-elle. Sylvie vous donnera ce dont vous avez besoin. Mais d'abord, lisez cette lettre. Elle vous fera plaisir, j'en suis sûre !

— C'est François qui écrit ! s'exclame la benjamine des Cinq, reconnaissant l'écriture de son frère aîné. Il vient ?

— Oui ! avec Mick. Ils seront là dans un jour ou deux.

— Oh ! génial ! se réjouit Claude. Tu leur diras de venir nous rejoindre, hein, maman ?

— Je pensais que vous attendriez ici, suggère sa mère.

— Impossible ! L'oreille de Dagobert n'est pas encore guérie. Mais ils seront heureux de camper, eux aussi. Ça ne t'ennuie pas ?

— Pas du tout, ma chérie. Je serai contente de savoir les garçons avec vous ; ils vous aideront à rapporter votre matériel. Combien de temps faut-il pour que cette blessure soit cicatrisée ?

Mais sa fille ne répond pas. Pour une fois elle ne s'intéresse pas à l'oreille de son chien. Elle lit le message de ses cousins et ne songe qu'à la joie de les voir arriver.

chapitre 6

Orage nocturne

Finalement les deux filles restent dîner à la *Villa des Mouettes*. La cuisine de Sylvie est – il faut l'admettre – bien supérieure à celle qu'elles préparent sur leur réchaud.

— Personne ne s'est moqué de la collerette de Dagobert, fait observer Annie en sortant de table, même pas oncle Henri !

— Oh ! maman lui a sûrement fait la leçon ! estime Claude. Mais pourquoi dis-tu ça ? Tu n'as pas tellement envie de retourner camper près de la chaumière ?

— Euh ! si... Seulement, je me disais qu'on aurait pu passer la nuit ici, et se remettre en route demain matin.

— Reste, si tu veux ! Moi, j'ai dit que je repartais et je repars. Je ne crains ni les mauvais rêves ni les hallucinations.

Annie rougit. Elle voit bien que sa cousine se

moque d'elle, et elle a honte de se montrer si froussarde. Pourtant elle ne peut s'empêcher de ressentir une certaine appréhension à l'idée de retourner dormir en plein vent, si près des ruines. Comme elle envie le courage de Claude, que rien n'effraie jamais !

— Si tu es décidée à aller là-bas ce soir, je t'accompagne, décide-t-elle enfin.

L'autre semble trouver sa décision toute naturelle.

— Alors, en route, dit-elle simplement, la nuit a déjà commencé à tomber.

Les préparatifs achevés et les adieux vite expédiés, les campeuses s'en vont à travers la lande, déserte et silencieuse dans le crépuscule.

Plus elle avance, plus il semble à Annie que son rêve de la nuit précédente n'a pas été un rêve, mais une inquiétante réalité qui la menace encore. Son angoisse devient bientôt si forte qu'elle ne peut s'empêcher de la communiquer à sa cousine.

— Tu es bête ! rétorque celle-ci. Tu as reconnu toi-même ce matin que c'était un cauchemar, tu ne peux pas être d'un avis le jour, et d'un autre la nuit ! D'ailleurs, qu'est-ce qu'on risque ? Dagobert saura bien nous défendre... Hein, Dago ?

Mais l'animal ne répond pas. Il est loin devant, courant après les lapins dans l'espoir de parvenir, une fois dans sa vie, à en attraper un. Ils sont si nombreux, le soir venu, à émerger de leurs terriers ! Leurs oreilles pointent de-ci, de-là, au-dessus de la végétation rase. Le pauvre chien ne sait plus où donner de la tête et aboie sourdement lorsque, à son approche, les petites bêtes en fuite ne lui montrent plus qu'un postérieur blanc, vite disparu dans un invisible repaire.

Elles rejoignent le camp sans difficulté. La tente est toujours là, ainsi que le grand matelas de bruyère sous sa couverture.

Les cousines déposent leurs sacs avec un soupir de soulagement et vont se désaltérer à la source.

— On se couche tout de suite ? s'enquiert Annie, étouffant mal un bâillement.

— Oh ! oui ! mais je voudrais, d'abord, faire un tour jusqu'à la chaumière.

— Pourquoi ? Je n'ai aucune envie de la revoir, moi ! Il fait presque nuit.

— Je ne te force pas à venir. J'irai seule avec Dago. Attends-moi ici ou va te coucher.

Sa cousine préfère rester blottie près de la source, en se répétant : « Il n'y a personne, il n'y a jamais eu personne ! Cette maison en ruine n'est pas hantée ! »

Claude et son chien ont disparu silencieusement. Quelques minutes s'écoulent. Puis des aboiements féroces retentissent. La benjamine des Cinq tressaille. Elle se sent envahie par la peur. Il y a quelqu'un ! Cette fois, le doute n'est plus possible !

Pourtant, très vite, Dago cesse de hurler. Les questions se bousculent dans la tête de la fillette : doit-elle courir au secours de sa cousine, ou attendre

pour voir ce qui va se passer ? Faut-il vite se réfugier à la *Villa des Mouettes* ? Elle hésite encore sur la conduite à tenir lorsque la lumière d'une torche électrique brille, très proche. En même temps, la voix de Claude crie joyeusement :

— Rien à signaler !

— Quoi ? Rien ? Mais j'ai entendu Dag aboyer !

— Oh ! c'était à cause d'une chauve-souris qui lui a frôlé le nez dans l'étable. Mais elle était bien la seule occupante des lieux. On a tout visité, tu peux me croire !

Annie pousse un profond soupir de soulagement.

« Je suis complètement stupide, se répète-t-elle en se glissant sous la couverture. Il n'y a aucun danger, c'est mon imagination qui me joue des tours. Mais que fait Claude ? Elle ne vient donc pas se coucher ? »

Cette dernière, pour la millième fois de la journée, examine l'oreille de son chien.

— Ça va de mieux en mieux ! déclare-t-elle joyeusement. Encore un jour ou deux, et je pourrai lui enlever cette collerette ridicule ! Comme tu seras content, mon pauvre Dago ! Ni François ni Mick ne sauront jamais à quel point tu as pu être malheureux !

— Il s'en moque bien ! marmonne sa cousine à demi endormie. Viens vite te mettre au lit ! J'ai trop sommeil pour t'attendre une minute de plus.

— J'arrive ! Oh ! tu n'as pas déplié l'autre couverture ?

— Non ! il fait trop chaud, ce soir.

— Il faut la mettre ! À l'aube, tu auras froid !

L'adolescente se glisse à l'intérieur de la tente. Quand elle en ressort quelques secondes plus tard, elle trouve Annie endormie et Dagobert allongé à côté d'elle sur le matelas de bruyère.

— Non ! Dago ! gronde-t-elle. Non ! Mauvais chien ! je t'ai déjà dit que ce n'était pas ton lit. Va-t'en ! Il y a juste assez de place pour moi !

Ses réprimandes n'éveillent même pas la dormeuse.

« Je me sens tout heureuse ! songe-t-elle en se pelotonnant dans la bruyère. C'est parce que je sais que François et Mick seront bientôt ici... Je ne pouvais m'habituer à l'idée de passer les vacances sans eux ! »

Elle réfléchit au merveilleux programme de réjouissances qui les attendra quand ils seront tous réunis. Mais, bien vite, ses pensées s'embrument... La petite araignée qui vient peu après se promener sur sa main ne la tire pas du sommeil où elle vient de sombrer.

Au milieu de la nuit, un promeneur solitaire s'approche, et inspecte curieusement la couche improvisée dans la lande. Dagobert dresse une oreille. Mais ce n'est qu'un inoffensif hérisson. Le chien se rendort, et c'est le seul événement de cette nuit paisible.

La matinée du lendemain s'annonce tout aussi reposante. Il fait un temps radieux. Grâce aux provisions rapportées la veille des *Mouettes*, les filles s'offrent un copieux petit déjeuner, puis elles cueillent un nouveau chargement de bruyères, afin de rembourrer leur lit, que ces deux nuits ont bien tassé. Ensuite, ayant enfilé leurs maillots de bain, elles se dirigent gaiement vers l'étang.

Au moment où elles quittent leur camp, elles aperçoivent l'éternel garçon blond en promenade, Radar sur ses talons.

En voyant Dagobert, le petit fox abandonne aussitôt son maître, et celui-ci se retourne. Il voit les deux vacancières et leur crie :

— Ne vous inquiétez pas ! Je n'ai pas l'intention d'aller fouiner dans votre camp ! Je sais tenir une promesse, moi ! Viens, Radar !

Le chien, avec son œil unique et sa queue frétillante, est irrésistiblement comique, et les cousines regrettent de le voir partir si vite. Mais elles ne font rien pour le retenir, bien décidées désormais à éviter tout rapport avec cet archéologue trop fantasque.

Puisqu'il s'éloigne dans la direction opposée à la leur, elles n'ont qu'à poursuivre leur chemin sans se soucier de lui. Arrivées au bord de l'étang, elles s'arrêtent, déçues : un baigneur les y a devancées.

— Incroyable, le monde qu'il y a dans une lande déserte, soupire Annie. On ne peut pas faire trois pas sans rencontrer quelqu'un.

— Qui c'est, celui-là ? questionne Claude, se protégeant les yeux du revers de la main.

La tête qui émerge de l'eau est à peine visible dans les reflets du soleil, mais la jeune fille a une bonne vue. Elle distingue des boucles rebelles sur un front tout bronzé et s'exclame :

— Mais c'est encore lui ! Regarde !

— Pas possible ! On vient de le voir partir de l'autre côté !

Elles s'approchent de l'étang et l'étonnant garçon leur lance :

— J'ai fini de me baigner. Je vous laisse la place !

— Il n'aura pas été long, ton bain, réplique Claude agacée.

— Dix bonnes minutes, quand même ! ça me suffit !

— Encore un de tes mensonges ! réagit Annie, tandis que sa cousine interroge :

— Je voudrais bien savoir comment tu as fait pour arriver ici avant nous !

L'autre ne répond aux deux phrases que par une seule, écrasante de mépris :

— Aussi folles qu'hier, à ce que je vois !

Il fait encore quelques coulées de brasse, puis il regagne la berge et reprend pied en tournant ostensiblement le dos aux deux filles. Rapidement, il ramasse sa serviette et, sans même prendre le temps de s'essuyer, s'éloigne en direction de son terrain de fouilles.

— Je n'ai jamais rien vu de pareil ! murmure Claude abasourdie.

— Et Radar ? Il est où ? Qu'est-ce qu'il en a fait ?

— Ne nous occupons pas de lui, ni de son chien. Ils n'en valent pas la peine... Viens te baigner !

Le bain est délicieux et le reste de la journée passe vite, sans amener aucune nouvelle rencontre. Des coups de marteau et de pioche résonnent presque sans arrêt dans l'ancien camp romain.

— Si ça se trouve, ce n'est même pas un vrai site antique, ricane la maîtresse de Dagobert. Tel qu'on le connaît, il est bien capable de confondre les détritus d'une décharge avec les vestiges d'un camp romain...

Quand vient l'heure du coucher, aucune étoile ne brille dans le ciel. D'épais nuages les masquent et aucun souffle de vent ne vient tempérer l'accablante chaleur.

— J'espère qu'il ne va pas pleuvoir ! confie Claude. La tente n'est pas très étanche, et une grosse pluie la traverserait tout de suite.

— Bah ! on verra bien ! répond Annie, déjà étendue sur le matelas de bruyère. Pour l'instant, il ne pleut pas. Profitons-en pour dormir.

Quelques instants plus tard, elle a suivi ce programme, et sa cousine l'imite. Mais Dago ne s'endort pas. Il perçoit de lointains roulements de tonnerre, et se sent inquiet. Bientôt de grosses gouttes s'écrasent bruyamment sur sa collerette de carton et il se redresse en grognant. D'autres gouttes suivent, piquetant le visage des dormeuses ; puis un coup de tonnerre retentit, les éveillant en sursaut.

— Ça y est ! s'écrie sa maîtresse. Voilà l'orage ! On va être trempées !

— Entrons vite sous la tente, propose la benjamine des Cinq tandis qu'un éclair aveuglant déchire l'obscurité.

— Inutile ! Il pleut trop fort. Le seul abri possible, c'est la chaumière ! Il faut y aller !

Annie n'a aucune envie de chercher refuge, en pleine nuit, dans la vieille maison hantée, mais il n'y a pas d'autre solution. Elle ramasse les couvertures et s'élance à la suite de Claude qui, une lampe à la main et Dago sur les talons, lui indique le chemin.

Si peu rassurante que soit la masure, elle offre une protection contre la pluie, et c'est bon de ne plus se sentir fouettées par les gouttes d'eau froide. Blotties dans un coin sec, les deux vacancières attendent la fin de l'orage. Il fait beaucoup de bruit, déploie d'énormes zigzags lumineux, mais dure peu. Bientôt les étoiles réapparaissent.

— Nous voilà obligées de finir la nuit ici. Notre lit doit être trempé et la tente aussi.

— Tant pis ! soupire Annie qui n'a aucune envie de ressortir dans la lande humide et obscure.

Enroulée dans sa couverture, le bras passé sous sa tête en guise d'oreiller, elle ferme les yeux et sombre dans le sommeil avant même que Claude soit installée à côté d'elle.

Des aboiements furieux la réveillent.

— Dago ! qu'est-ce qui se passe ? gronde la jeune fille, arrachée à ses rêves, et ne comprenant pas pourquoi son chien hurle si fort.

Des deux mains, elle se cramponne au collier de cuir de l'animal. En même temps elle lui parle d'une voix où vibre un accent d'angoisse :

— Dag ! Dag ! Non, ne t'en va pas ! ne nous quitte pas ! Dis-moi ce qui te fait peur...

chapitre 7

Étranges événements

Dago s'arrête d'aboyer et cherche à échapper aux mains de sa maîtresse, mais elle le retient.

— Qu'est-ce que c'est ? souffle Annie d'une voix tremblante.

— Je ne sais pas. Peut-être rien du tout, Dag est toujours nerveux quand il y a des éclairs. Attendons un moment, on verra bien.

Claude ne s'effraie pas facilement, mais cette violente tempête, ces ruines lugubres et les hurlements de son chien n'ont rien de rassurant. Elle préfère sentir son fidèle compagnon auprès d'elle et ne lâche pas sa bride.

Un lointain grondement de tonnerre se fait entendre. L'orage revient ou un autre lui succède. L'adolescente se sent soulagée.

— Ce n'est rien, conclut-elle, la tourmente suffit à énerver Dago. Tiens, le voilà qui aboie encore. Assez, Dag ! On dirait que ça t'amuse de nous faire peur !

De nouveaux coups de foudre éclatent, très proches. Dagobert s'agite de plus en plus, tirant de toutes ses forces sur son collier.

— Non ! je ne veux pas que tu sortes, lui crie sa maîtresse. Après tu reviendras tout mouillé te coucher sur moi. Je te connais, va !

— Quel orage ! murmure sa cousine de son côté. J'espère que cette masure y résistera.

— Bah ! elle en a vu bien d'autres. Tu vas où, Annie ?

— Jeter un coup d'œil par la fenêtre ! explique la pauvre fillette qui ne sait plus où se mettre. J'aime voir le paysage surgir à la lueur des éclairs et disparaître aussitôt.

Comme si le ciel n'avait d'autre souci que de la satisfaire, la foudre traverse le ciel au moment où elle atteint l'ouverture. Pendant une fraction de seconde, la lande se révèle, illuminée d'une lueur verdâtre. La benjamine des Cinq pousse un cri de terreur et se précipite vers ses compagnons.

— Claude ! halète-t-elle. Claude !

— Quoi ? Qu'est-ce qu'il y a ?

— Des... des silhouettes ! bafouille sa cousine. Plusieurs... là... dehors...

— C'est impossible ! Qui serait là en pleine nuit ?

— Je ne sais pas ! Je n'ai pas eu le temps de voir. Mais j'ai aperçu deux ombres... peut-être trois... j'en suis sûre. Là, en face. Pas loin du tout !

— Ce sont des arbres ! Je les ai remarqués tout

à l'heure. Des petits arbres rabougris qui se découpent sur le ciel. Tu les as pris pour des gens !

— Non ! Ce n'étaient pas des arbres !

Claude a bien du mal à rassurer la fillette. Elle est persuadée qu'elle s'est trompée, mais comment le lui faire admettre ?

— La lumière des éclairs est trompeuse, tu sais, et on n'a pas le temps de voir. S'il y avait quelqu'un, Dagobert aurait aboyé...

— Mais il a aboyé !

— Pas pour ça ! Allez, viens regarder avec moi. Tu verras bien qu'il n'y a personne !

Blotties derrière la vitre ébréchée, les campeuses attendent un nouvel éclat de foudre, qui ne tarde pas. Cette fois, toutes deux poussent en même temps un cri d'épouvante, tandis que le chien redouble d'efforts pour se libérer et hurle comme un forcené.

— Là ! tu as vu ?

— Oui ! j'ai vu ! Tu as raison. Quelqu'un était de l'autre côté de la fenêtre et nous regardait. Qui c'est ? Et que fait-il ici au milieu de la nuit ?

— Ils étaient deux ou trois, je te dis.

— Mais qu'est-ce qu'ils font dehors là ? Rien de bon, c'est sûr ! Oh ! quel dommage que tes frères ne soient pas là !

— Oui, on n'aurait pas dû venir sans eux. On rentrera aux *Mouettes* demain !

— Demain ? Tu veux dire aujourd'hui ! Il est près de trois heures du matin...

— Si c'est aujourd'hui, tant mieux ! Filons !

— On ne peut pas partir avant le jour !

Il serait facile de pénétrer dans la chaumière sans porte, mais heureusement personne n'entre. Sans doute les intrus sont-ils repartis, aussi silencieusement qu'ils sont arrivés.

L'orage s'est éloigné, et Dago, complètement calmé, somnole sur le tas de couvertures, indifférent aux angoisses des filles. Sa maîtresse se rassure à le voir aussi paisible, mais ni elle ni sa cousine n'ont envie de dormir. Pour passer le temps, elles jouent à des petits jeux et les heures glissent plus vite qu'elles ne l'auraient cru. Tout à coup l'aurore est là, coulant sa lueur rosée à travers les encadrements des fenêtres. Bientôt le soleil se montrera, et cette perspective est si réconfortante que les terreurs de la nuit en paraissent presque ridicules.

Claude se lève et va jeter un coup d'œil dehors. Tout est calme et désert. Aucune ombre suspecte ne se dresse plus entre les touffes de bruyères et d'ajoncs.

— On a été stupides, marmotte-t-elle. On a pris peur pour rien ; je n'ai plus envie de rentrer à la maison. Tout le monde se moquerait de nous...

— Ça m'est égal ! s'insurge l'autre. Je ne resterai pas une nuit de plus ici ! Non ! Rien à faire ! Si les garçons étaient là, je ne dis pas...

— D'accord ! d'accord ! Mais tu expliqueras à tes frères que c'est toi qui as voulu retourner aux *Mouettes*. Pas moi !

— Je le leur dirai ! Compte sur moi, mais promets-moi de rentrer et laisse-moi dormir un peu ! Je tombe de sommeil !

— Moi aussi, avoue sa cousine. On a tout le temps de se reposer avant qu'il soit une heure décente pour sortir dans la campagne !

Les filles reprennent possession des couvertures après en avoir chassé Dago, et sombrent dans un profond sommeil.

Elles sont réveillées par un bruit de petites griffes pressées tournoyant autour d'elles.

— Oh ! s'écrie Annie en ouvrant les yeux. C'est Radar qui vient nous dire bonjour. Qu'il est amusant !

Le fox se couche sur le dos pour se faire caresser, et aussitôt Dagobert lui saute dessus, avec la mine de vouloir le dévorer tout cru.

Une voix s'élève du dehors, puis le garçon paraît dans l'encadrement. Il arbore son sourire des meilleurs jours.

— Alors, les paresseuses ! lance-t-il. On dort encore ? Je sais que j'avais promis de ne pas venir, mais je voulais savoir comment vous aviez passé la nuit... Pas eu peur de l'orage, j'espère ?

— C'est gentil d'être venu, dit la benjamine des Cinq en se levant et passant les doigts dans sa chevelure emmêlée. On va bien, mais la nuit a été mouvementée. On...

Un coup de coude vient lui couper la parole. Claude ne veut pas qu'elle parle des visiteurs nocturnes. Pourquoi ? Pense-t-elle qu'ils ont un rapport quelconque avec le jeune archéologue ? La fillette n'insiste pas et laisse sa cousine diriger la conversation.

— Bel orage ! commente-t-elle. Comment tu t'en es tiré ?

— Oh ! moi ! je n'avais rien à craindre. Il y a des amorces de souterrains partout dans le camp. J'étais à l'abri là-dedans comme un lapin dans son terrier. Puisque vous n'en avez pas souffert non plus, tout va bien ! Viens, Radar ! On s'en va !

— Merci d'être passé ! lâche la maîtresse de Dagobert, puis, dès que son interlocuteur a disparu, elle se tourne vers Annie.

— Il a l'air tout à fait normal, ce matin, juge-t-elle. Il n'a même pas cherché à nous contredire ! S'il était toujours comme ça, souriant et poli, je le trouverais sympathique.

— Tu crois que ça va durer ? questionne son acolyte qui partage cette opinion, mais demeure méfiante.

Elle a raison de l'être : un quart d'heure plus tard, les cousines, ayant rejoint leur camp, se confectionnent de larges tartines de confiture pour récupérer leurs forces, quand elles entendent quelqu'un approcher en sifflotant.

— C'est encore lui !

Et c'est le garçon en effet.

— Salut, lance-t-il, je ne viens pas vous déranger. Je voulais seulement savoir comment vous aviez passé la nuit. Quel orage, hein ?

Les campeuses le dévisagent, tellement ahuries qu'elles ne trouvent plus rien à dire. Enfin Claude explose :

— Oh ! s'il te plaît ! ne recommence pas à faire l'imbécile ! Tu sais comment on va ! On vient de te le dire !

— Vous ne m'avez rien dit du tout ! Je venais par politesse, mais si c'est pour être reçu avec des injures, je m'en vais. Ciao, les folles !

Et il s'en va.

— C'est vraiment invraisemblable ! s'écrie Annie. Il ne peut pourtant pas être aussi idiot qu'il s'amuse à nous le faire croire. Tu crois qu'il prend plaisir à ce jeu ?

— Il se croit peut-être malin, grommelle sa cousine, vexée de s'être trompée dans son jugement. D'ailleurs, ça n'a plus d'importance puisque tu veux partir ! Dès que la tente sera sèche, on la démontera, et salut l'idiot !

À midi, les sacs à dos bourrés sont fixés sur le vélo. Claude, mécontente de ce qu'elle appelle une désertion, commence à arracher les piquets de la tente, lorsque Dagobert se met à faire le fou. Il jappe frénétiquement, agite la queue dans tous les sens, bondit de droite à gauche et soudain, il file comme un dard en direction du chemin.

Un instant, sa maîtresse ne comprend pas ce qui lui arrive. Puis elle pousse un cri. Un bruit de voix masculines s'élève du sentier, un timbre de bicyclette retentit.

— Non, ce n'est pas... ce ne peut pas être les garçons !

Elle s'élance à toutes jambes à la suite du chien, et Annie les imite. Des hurlements de joie s'élèvent.

Ce sont bien François et Mick ! Des sacs sur le dos, des colis sur les V.T.T. et des sourires radieux !

Le Club des Cinq se retrouve au complet. Enfin !

chapitre 8

Le Club des Cinq enfin réuni

L'arrivée des garçons déclenche une telle effervescence que, tout d'abord, personne ne parvient à se faire entendre. Dago aboie et rien ne peut l'arrêter. Claude hurle, François et Mick rient, Annie leur saute au cou, fière de retrouver des frères tout bronzés !

— Je suis tellement contente de vous revoir ! s'égosille la maîtresse de Dagobert, incapable de maîtriser son allégresse. On pensait que vous resteriez sur la Costa del Sol jusqu'à la fin des vacances.

— On s'est lassés de la Méditerranée, affirme Mick. Trop chaud. Trop de monde sur les plages.

— Et puis, surtout, on pensait beaucoup à Kernach, aux *Mouettes*, à la lande, à Dagobert. Peut-être même à deux filles qui devaient trouver le temps long... ajoute François en donnant une bourrade amicale à sa cousine. On a plié bagage plus tôt que prévu.

— Et quand est-ce que vous êtes arrivés ?

— Hier soir ! On a passé la nuit à la maison avec papa et maman, et, ce matin, on a pris le premier train pour Kernach et couru jusqu'à la *Villa des Mouettes* pour apprendre que vous n'y étiez pas !

— Heureusement, poursuit son frère, tante Cécile nous a indiqué l'endroit où on avait des chances de vous retrouver. On a aussitôt ramassé notre matériel, et nous voici... Oh ! Dagobert, tu ne peux pas te taire un peu ? J'ai peur de devenir sourd.

— Silence, Dag ! ordonne sa maîtresse. Vous avez vu sa collerette ?

— Difficile de ne pas la remarquer ! s'exclame François. Oncle Henri nous en avait parlé ; je croyais qu'il exagérait, mais je me trompais ! Mon cher Dago, tu es encore plus grotesque qu'on ne le dit !

Mick, de son côté, observe le chien d'un air soucieux, et, du ton d'un professeur en médecine qui énonce son diagnostic, il déclare gravement :

— Pauvre bête ! il a une tête à faire rire les chats !

Annie jette un coup d'œil vers sa cousine. Dans quel état va-t-elle se mettre en entendant les garçons se moquer si impitoyablement de son protégé ? Mais, loin de se fâcher, Claude se contente de sourire.

— C'est vrai qu'il a l'air ridicule, reconnaît-elle, mais, lui, ça ne le gêne pas.

Heureuse de constater ces dispositions pacifiques, la benjamine du groupe décide de révéler la raison de leur installation dans la lande.

— Vous savez, commence-t-elle, qu'on est venues camper ici parce que Claude...

Elle ne va pas plus loin. Un regard suppliant de sa cousine vient de la réduire au silence.

Si cette dernière a accepté les taquineries des nouveaux venus, c'est qu'elle tient beaucoup à leur estime. Elle se vante d'être capable elle-même de se conduire en garçon, et un brusque pressentiment l'avertit que ses cousins la traiteront de « fille » s'ils apprennent tous les chichis qu'elle a faits au sujet de l'oreille de son chien.

François paraît ne rien comprendre à ce petit drame. Il admire le lieu du camp et observe soudain :

— Mais... On dirait que vous vous prépariez à partir... qu'est-ce qui se passe ?

— Oui, on était sur le point de s'en aller, confirme Claude. On se sentait un peu isolées, et votre sœur...

C'est au tour d'Annie de lancer à sa cousine un regard implorant. « Je ne t'ai pas trahie, dit ce regard. Ne me trahis pas non plus. Ne dis pas que j'ai eu peur. »

— Euh ! reprend la jeune fille, Annie et moi, on a remarqué des choses bizarres. On ne se sentait pas de taille à les affronter toutes seules. Mais puisque vous êtes là, la question ne se pose plus !

— Quelles choses bizarres ? questionne Mick.

— Eh bien, voilà : ça a commencé...

— Oh ! fait François, s'il y a une histoire à raconter, il vaudrait mieux la savourer en même temps que le déjeuner, non ? On n'a rien mangé depuis six heures du matin, Mick et moi.

— Incroyable, mais vrai ! confirme son frère, en s'empressant de déficeler les colis attachés à son V.T.T. Et j'ai si faim que je me sens capable de manger sans l'aide de personne toutes les provisions qui sont stockées dans mon sac à dos !

— Oh ! tu en as apporté ! Bonne idée ! s'écrie la maîtresse de Dagobert. On n'avait plus grand-chose.

— C'est ta mère qu'il faut féliciter, pas moi ! Elle a été si heureuse à l'idée d'être débarrassée de nous qu'elle s'est surpassée ! Regardez ces belles tranches de jambon... Il y en a au moins trente ! Tante Cécile est sûre de ne pas nous revoir d'ici longtemps ! Ah ! non, Dago, ce n'est pas pour toi ! Ouste !

Claude, réconfortée par la présence de ses cousins, voudrait chanter à tue-tête. Annie, moins exubérante, sourit malgré elle.

Le soleil a complètement séché la lande, et il ne faut pas longtemps aux cinq membres du Club pour se retrouver assis en rond sur la bruyère autour d'un alléchant repas.

— Si on ne veut pas que Dago mange tout le jambon, il faut le servir en premier, annonce Mick. Où est la viande qu'on a apportée pour lui ?

— Ici, signale son frère. Hum ! Elle sent fort. Tu serais bien gentil, mon cher Dag, d'aller la déguster dans un coin retiré...

Immédiatement l'animal s'assied tout contre François.

— Ne fais pas exprès de désobéir ! gronde ce dernier en le repoussant doucement.

— Il ne désobéit pas, intervient Claude, pouffant de rire. Il ne sait pas ce que veut dire « déguster » et « coin retiré », c'est tout ! Dag, va-t'en !

Ce vocabulaire-là, le chien le comprend très bien. Il s'éloigne, emportant son morceau de bœuf, et les autres convives peuvent entamer le jambon.

— Oh ! s'écrie Annie à la troisième bouchée, cette journée merveilleuse rattrape largement la nuit atroce qu'on a passée !

— Eh bien, vas-y ! l'encourage François. C'est le moment de nous raconter votre histoire !

Le récit dure longtemps, comme on peut s'en douter, mais avant la fin du repas les garçons ont compris tout ce qu'il y a d'important dans l'aventure des deux campeuses.

— Intéressant ! conclut Mick en crachant un noyau de prune. Une maison en ruine, un chien borgne, un garçon fou, des promeneurs nocturnes, des vestiges romains et des visages derrière les fenêtres en pleine nuit d'orage... Voilà de quoi nous distraire un moment, si on veut dénouer tous ces mystères.

— Ce qui m'étonne, c'est que vous n'ayez pas plié bagage plus tôt, toutes les deux ! remarque François.

La maîtresse de Dagobert lance un coup d'œil en coin à sa cousine, qui rougit très fort.

— Claude ne voulait pas partir, avoue celle-ci. Mais moi, je ne serais pas restée une nuit de plus si vous n'étiez pas arrivés.

— Dans les conditions que vous décrivez, je ne suis pas sûr qu'on reste non plus. Qu'est-ce que tu en penses, Mick ? On a peur ou on n'a pas peur ?

Tout le monde se met à rire.

— Eh bien, si vous partez, ajoute Annie, je resterai seule. Pour vous faire honte !

— Ha ! s'esclaffe son frère aîné. On restera ensemble, bien sûr ! On ne va quand même pas partir sans mener une petite enquête dans le coin !

— La première chose à faire, c'est d'aller regarder de près les fouilles romaines ! déclare Mick.

— Non, s'oppose Claude. C'est la seconde. D'abord, il faut ranger les provisions !

— D'accord. Pendant ce temps, François et moi, on déballera nos affaires !

— Oui, mais où les mettre ? questionne ce dernier. On n'a pas de tente. Comment faire s'il pleut ?

— Et si on s'installait dans la chaumière ?

— Ça vaudrait mieux que d'avoir tout à transporter en pleine nuit sous la pluie, affirme la maîtresse de Dagobert.

— Alors, en route ! décide l'aîné des Cinq. On déménage !

Il faut une heure pour s'établir convenablement dans les ruines ; mais le petit groupe parvient à un résultat satisfaisant. Claude dépose les vivres sur les planches subsistant en haut d'un placard défoncé, où Radar n'ira pas les chercher. Elle se méfie de lui, malgré ses allures amicales et sa vision réduite.

Quand tout est rangé, François s'écrie :

— Et maintenant, en avant le Club des Cinq ! Direction les fouilles du fou !

chapitre 9

Début d'enquête

Les Cinq sont encore loin du camp romain lorsqu'ils aperçoivent le jeune garçon assis dans l'ombre d'un buisson, un livre sur les genoux.

— C'est lui ! murmure Claude à ses cousins. C'est le fou !

— À première vue, remarque François, il paraît tout à fait normal, très absorbé dans sa lecture, et bien décidé à ne pas s'occuper de nous.

— Je vais lui parler, et tu verras ! déclare sa cousine avec un petit sourire ironique.

Elle fait encore quelques pas, puis, s'adressant au lecteur :

— Re-bonjour, dit-elle. Où est Radar ?

Le blondinet relève la tête, visiblement contrarié.

— Tu connais Radar ? demande-t-il.

— Bien sûr ! Il était avec toi ce matin, réplique l'adolescente en soulignant d'un clin d'œil destiné à ses compagnons l'absurdité de cette réponse.

Le garçon ne le remarque pas. Il s'entête dans ses dénégations.

— J'étais seul, ce matin, affirme-t-il. D'ailleurs Radar n'est jamais avec moi !

Puis d'un air grognon, il ajoute :

— Laissez-moi tranquille !

Il repique du nez dans son livre.

Les Cinq s'en vont.

— Et voilà, conclut Claude, c'est toujours comme ça ! Ce matin il est venu à la chaumière avec Radar, maintenant il prétend que le chien n'est jamais avec lui. Il ne sait pas ce qu'il raconte.

— Ou il est simplement grossier, complète Mick. En tout cas, il ne paraît pas présenter le moindre intérêt. Ce qui ne veut pas dire que ses fouilles n'en ont pas. Si on allait y jeter un coup d'œil pendant qu'il est plongé dans son bouquin ?

— Elles ne m'ont pas paru plus intéressantes que lui, fait sa cousine, mais allons-y, si tu veux. Où est encore Dago ?

Il faut attendre ce dernier, parti dans une de ses chimériques chasses au lapin et si occupé de ses propres affaires qu'il n'entend pas les appels de sa maîtresse. Puis on repart en direction du camp romain.

Un gai sifflotement et les habituels coups de pic sur les cailloux accueillent de loin les visiteurs. Annie se penche au bord d'une tranchée et manque de tomber dedans, tant elle est surprise d'y découvrir le jeune archéologue qu'elle vient de quitter un instant plus tôt, sous l'arbre. À présent, pioche en main, il creuse soigneusement le terrain. En apercevant la fillette, il se redresse et repousse d'un revers de main les mèches qui lui tombent sur les yeux.

Tous le scrutent avec stupéfaction.

— Tu es déjà ici ? questionne Claude. Tu as des ailes, ou quoi ?

— Il y a deux heures que je gratte la terre...

— Oh ! il ment encore ! lance la benjamine des Cinq, excédée.

Le garçon devient très rouge ; il est sur le point d'insulter les deux filles, quand François détourne habilement la conversation.

— Ce doit être passionnant de faire des fouilles, intervient-il d'un ton convaincu. Ce terrain t'appartient ?

L'autre s'apaise quelque peu, mais garde un air bougon pour répondre :

— Bien sûr que non ! C'est mon père qui a découvert l'endroit il y a quelques années et obtenu le droit d'y faire des recherches. Mais il n'y a pas trouvé grand-chose, et m'a permis de m'y amuser cet été.

L'intérêt de François pour l'archéologie paraît si sincère qu'un moment plus tard son interlocuteur se déride. Il accepte de se livrer plus qu'il ne l'a jamais fait à l'égard de Claude et d'Annie. Il va jusqu'à dire son nom : Guy Truchet.

— Papa est un célèbre archéologue, ajoute-t-il. Jean Truchet. Tu veux voir ce que j'ai trouvé ?

Il conduit l'aîné des Cinq vers une planche posée en travers de la tranchée, sur laquelle s'alignent une douzaine d'objets disparates, dont un pot cassé, des débris de céramique, quelque chose qui ressemble à une vieille broche, et un morceau de pierre sculptée où se devinent les restes d'un visage.

— Magnifique ! s'émerveille François, en examinant l'une après l'autre ces trouvailles.

Enhardies, les filles l'imitent et se passent de main en main ces vestiges d'un lointain passé.

— C'est captivant, explique Guy, les yeux brillant d'enthousiasme. On pioche pendant des heures, on remue de la terre sans rien trouver, et puis, quelque chose apparaît qui dormait là depuis des siècles. Même si ce n'est qu'un débris de poterie, on se dit que personne ne l'a vu ni touché depuis qu'un homme des légions de César l'a laissé tomber là...

Sa passion est si vive et si communicative que ses auditeurs se sentent pris de l'envie de manier la pioche à leur tour.

Pendant ce temps, Mick, insensible aux charmes de ces recherches, s'amuse à observer un lapin. Après bien des allées et venues, celui-ci s'est réfugié derrière une grande dalle de pierre, dressée perpendiculairement, et l'on voit sa tête pointer, tantôt à droite, tantôt à gauche, comme pour narguer son poursuivant. Puis elle disparaît définitivement.

Mick s'approche à quatre pattes, sans bruit, et

jette un regard derrière la dalle. Un large trou lui apparaît, bien trop grand pour être le terrier d'un si petit animal.

Il prend sa lampe de poche et en projette la lumière sur les parois. La cavité qu'il aperçoit est assez large pour qu'un homme puisse s'y glisser et assez profond pour qu'on n'en voie pas l'extrémité. Cela ressemble à l'entrée d'un souterrain s'enfonçant en pente raide dans la terre. Le garçon, très intrigué, va aussitôt signaler cette découverte à ses amis. Mais Guy la connaît déjà et n'y porte aucun intérêt.

— C'est une sorte de cave, explique-t-il, on l'a fouillée sans rien y trouver d'intéressant. Mon père dit que c'était sans doute un abri pour préserver les vivres de la chaleur, et qu'il a probablement été creusé après l'Antiquité.

— Et ça, qu'est-ce que c'est ? questionne Claude, remarquant soudain des fragments de poterie posés sur une autre planche, au fond d'une tranchée plus éloignée. C'est toi qui l'as trouvé ?

— Non ! Ce n'est pas moi ! N'y touche pas.

— Qui, alors ?

Ne recevant pas de réponse, elle se penche vers un très joli pot de terre cuite, malheureusement ébréché, et le soulève pour mieux l'admirer.

— Laisse ça ! hurle le jeune archéologue, si brusquement et si brutalement que l'adolescente manque de peu de lâcher l'objet.

— Je t'ai dit de ne pas y toucher. Tu ne peux donc jamais faire ce qu'on te demande ?

— Du calme, intervient François. Tu as fait peur à ton chien ! Je crois que... on ferait mieux de partir, non ?

— Oui ! Je n'aime pas être dérangé quand je travaille et il y a toujours des gens pour venir m'ennuyer. Je ne dis pas ça pour toi...

— Des gens ? interroge l'aîné des Cinq, songeant aux visiteurs nocturnes signalés par les filles. Quel genre de gens ?

— Oh ! des curieux, bêtes et bavards, qui posent des questions ridicules et proposent de m'aider. Ce qu'il peut y avoir de promeneurs dans une lande déserte, c'est incroyable !

— Et cette nuit, tu as eu des visiteurs ? demande Claude.

— Je n'ai vu personne, mais Radar a aboyé comme un forcené. C'est peut-être la tempête, bien qu'en général les orages le laissent indifférent.

Tout en parlant, Guy Truchet a repris sa pioche et il recommence à creuser le sol. Le Club des Cinq s'en va.

— Rien de bien intéressant par ici, conclut l'aîné de la bande, et ce champ de fouilles est plutôt sinistre. Où est-ce qu'on poursuit notre enquête, maintenant ?

— À la maison en ruine ! s'écrie Mick.

— On a déjà tout inspecté, Annie et moi, souligne Claude avec une moue. Si on allait se baigner, ce serait plus drôle, vous ne pensez pas ?

— Ouah ! approuve Dago.

Et tous étant de son avis, il leur faut peu de temps pour se retrouver, vêtus de leurs maillots de bain, courant sur la bruyère en direction de l'étang.

— Tiens ! Guy est en train de nager ! s'écrie Annie, surprise.

Sa cousine reconnaît aussitôt la tête et les mèches blondes du jeune archéologue émergeant au-dessus de l'eau. Habituée à ses surprenantes volte-face, elle ne s'étonne pas de le voir là et lui lance de la berge :

— Hé ! Guy ! On se baigne ensemble ?

Mais l'autre sort déjà des ondes, par la berge opposée. Mick, croyant qu'il ne les a pas entendus, crie plus fort encore :

— Guy ! Ne pars pas ! On vient jouer avec toi !

Le garçon se retourne. Il arbore son air le plus bourru.

— Laissez-moi tranquille, réplique-t-il. Je n'ai pas envie de me baigner avec vous, et je ne m'appelle pas Guy !

Puis, sans se soucier des quatre vacanciers qui le dévisagent, sidérés, il s'enfuit en courant à travers la lande. Il y a un moment de silence, puis François résume l'opinion générale :

— Aucun doute : c'est un fou !

Après une longue baignade, une sieste sur les rives de l'étang pour se sécher et un excellent goûter, Mick décide d'explorer méthodiquement la chaumière.

Il monte même à l'étage, où il découvre deux chambres – si l'on peut appeler « chambres » des éboulis envahis de rosiers grimpants. Sur les murs, presque inexistants, quelques rares poutres évoquent le toit disparu.

— Rien d'intéressant, commente-t-il en descendant l'escalier. Allons visiter l'étable.

Ce nouvel examen ne révèle rien d'autre que ce que les filles ont déjà découvert ; mais, comme ils s'apprêtent à quitter la petite annexe, Claude pousse un cri de surprise.

— Oh ! regarde, Annie ! Cette dalle a été soulevée depuis notre dernier passage !

C'est exact. Un des carreaux de pierre qui forment le revêtement du sol repose maintenant un peu de travers dans son alvéole. Sur les bords, la mousse a été arrachée, laissant paraître, comme une traînée noirâtre, la terre mise à nu par ce déplacement.

— Hum ! fait Mick, tu dois avoir raison ! Quelqu'un s'est intéressé récemment à cette pierre... ou à ce qui se trouve dessous !

— Et ce quelqu'un, ajoute sa cousine, c'est certainement un de nos visiteurs de cette nuit. Ils sont venus dans l'étable pendant qu'on était dans la maison ! Voilà pourquoi Dagobert ne cessait d'aboyer.

— Qu'et-ce qu'ils venaient chercher ? questionne la benjamine du groupe.

— Pas difficile à savoir ! répond gaiement François. Il n'y a qu'à soulever cette dalle... Au travail ! La clef du mystère repose dessous !

chapitre 10

De quoi s'agit-il ?

Quatre paires de mains s'agrippent aux côtés de la dalle pour essayer de la soulever mais elle est lourde et résiste à tous les efforts. Enfin, François découvre un angle qui n'adhère pas au sol, et, glissant les doigts dessous, parvient à s'assurer une prise. Mick vient à la rescousse et, lentement, la pierre se redresse.

C'est si passionnant que Claude et Annie regardent la manœuvre, le souffle coupé. Seul Dagobert aboie de toutes ses forces jusqu'au moment où le carreau s'abat avec un bruit terrible, qui le met en fuite. Personne ne s'occupe de lui. Tous les regards sont tournés vers l'emplacement qu'a occupé la dalle, et tous les visages trahissent une égale déception. Il n'y a rien. Même pas un trou. Un carré de terre noirâtre, tassée et sèche. Rien de plus.

Claude regarde ses cousins d'un air perplexe.

— C'est bizarre, hein ? commente-t-elle. Je me demande pourquoi cette pierre a été manipulée, puisqu'il n'y a rien dessous...

— Peut-être que la personne qui a démis le carreau cherchait quelque chose qui n'était pas là, émet Annie après réflexion. Il se serait trompé de pierre !

— Tu as raison ! s'écrie Mick. L'inconnu a dû soulever le mauvais pavé ! Mais quel est le bon ?

Les quatre enquêteurs s'asseyent. Toutes les dalles se ressemblent, et il y en a beaucoup. Après un temps de silence, Claude prend la parole :

— Puisque, en trois jours, ces mystérieux intrus sont venus au moins deux fois, c'est qu'ils sont pressés de mettre la main sur ce qu'ils cherchent.

— Un trésor, caché sous un carreau ? interroge sa cousine.

— J'en doute, fait François en secouant la tête. Les gens qui vivaient autrefois dans cette maisonnette ne devaient pas être riches !

— Oui, reprend Annie, mais quelqu'un d'autre a pu récemment y cacher un objet de valeur. Peut-être même volé... qui sait ?

— Possible, concède Mick.

Puis il éclate de rire.

— Ils ont dû être bien ennuyés quand ils ont vu deux jeunes campeuses installées dans les lieux ! Et encore, si elles avaient été endormies ! Mais non ! Éveillées comme des souris !

— Je me demande si on ne ferait pas mieux de retourner ce soir aux *Mouettes*... murmure sa sœur, inquiète. S'ils n'ont pas trouvé ce qu'ils recherchent, ils reviendront... Et de nuit, comme d'habitude !

— Qu'est-ce qu'on a à craindre ? lance François. Dago est là !

— Tout à fait d'accord ! renchérit Claude. Mais toi, Annie, si tu préfères rentrer, on ne te retiendra pas !

— Oh ! je reste ! décide la fillette qui n'en a aucune envie, mais qui se refuse à déserter.

Et, comme pour racheter ce moment de faiblesse, elle avance une nouvelle idée :

— Si on allait jeter un coup d'œil à l'endroit où on a aperçu les silhouettes cette nuit ? Il pleuvait des cordes, le sol devait être boueux, on trouvera peut-être des empreintes.

— Excellente déduction, approuve Mick, et tous s'en vont dans la direction indiquée.

Par malchance, l'endroit est couvert d'un épais tapis de bruyère, et il est impossible de relever la moindre trace de pas.

Déçu, le groupe s'en retourne vers la chaumière, lorsque l'aîné émet un cri de joie. Juste sous la fenêtre, à l'endroit où le visiteur nocturne s'est arrêté pour regarder l'intérieur de la pièce à la lueur d'un éclair, il y a deux marques de semelles profondément imprimées dans le sol. L'une d'elles est confuse, comme si le pied qui l'a tracée avait pivoté sur lui-même, l'autre est très nette.

Mick prend une feuille de papier, et note la

dimension de la chaussure et tous les détails de la semelle : une semelle crêpe, ornée de dessins en V, très reconnaissables, avec une éraflure bien visible au talon.

— Tu es un vrai détective, le félicite sa sœur, pleine d'admiration.

— Oh ! n'importe qui pourrait en faire autant. La difficulté n'est pas de relever l'empreinte, mais de retrouver le propriétaire de la semelle !

— Vous savez qu'il est déjà huit heures et demie ? interrompt Claude. Je n'aurais jamais cru que le temps passerait si vite ! Il faut s'occuper du dîner...

— Et on dormira où ? questionne François. Dedans ou dehors ?

— Dedans, décide précipitamment son frère. On doit compliquer au maximum les investigations des rôdeurs nocturnes.

— Très juste, admettent ses acolytes.

— Au lieu de deux intrus, ils en trouveront quatre, cette nuit, poursuit Mick. Sans compter le chien. Voilà qui risque de les ennuyer !

— Je vous signale que le sol de la maison est loin d'être moelleux, fait observer Annie. Il faudrait confectionner des matelas.

Le dîner est rapidement expédié, car personne n'a très faim. La récolte et le transport de la bruyère demandent plus de temps.

— Il en faut des masses pour avoir un lit confortable, remarque l'aîné des Cinq, essayant le sien.

J'ai l'impression que mes os passent à travers les brindilles pour aller se cogner au dallage. On mettra la couverture sur le matelas. On n'en a pas besoin pour se couvrir. Il fait si chaud !

Deux grands lits sont enfin prêts. Ils ont été installés dans la pièce principale.

Garçons d'un côté, filles de l'autre, chacun s'empresse de se coucher et a vite fait de s'endormir. Seul, François veille. L'énigme de la dalle levée l'inquiète. Pourquoi est-ce celle-là qui a été déplacée et non une autre ? L'inconnu possède-t-il une carte pour se guider ? Le plan est-il mal fait, ou bien l'intrus n'a-t-il pas su le lire ? Le sommeil vainc le jeune garçon avant qu'il ait trouvé une réponse à cette troublante question.

Dago somnole, heureux de sentir les quatre vacanciers sous sa garde. Une de ses oreilles reste à l'écoute, comme toujours. C'est à peine s'il ouvre un œil lorsqu'une souris trottine à travers la pièce, et qu'un scarabée dégringole du rebord de la fenêtre.

Cependant, les oreilles du chien se dressent soudain toutes deux. Un bruit étrange, provenant du dehors, pénètre dans la pièce, un bruit difficile à identifier.

Dagobert sait qu'il ne doit pas aboyer en entendant des bruits d'animaux inoffensifs, mais ce n'est pas là un son habituel. Complètement réveillé et très perplexe, il écoute. Que doit-il faire ? Il passe la patte sur le bras de sa maîtresse, qui pend le long du matelas. Elle saura sans doute ce que signifie ce bruit.

— Assez, Dag, laisse-moi ! murmure Claude dans un demi-sommeil.

Dago n'obéit pas. Insistant, il appuie sur l'épaule de la dormeuse qui s'éveille. Instantanément, elle perçoit le mystérieux bruit. Cela commence bas, comme un gémissement, s'élève, puis retombe et meurt dans le silence, pour recommencer de nouveau quelques secondes plus tard. Un appel lugubre qui n'en finit pas...

— François ! Mick ! souffle la jeune fille, le cœur battant. Réveillez-vous ! Il se passe quelque chose !

Les garçons se redressent aussitôt. Annie aussi.

Le bruit frappe leurs oreilles et ils se regardent, angoissés. François se lève d'un bond et court à la fenêtre.

— Vite, venez voir ! lance-t-il aussitôt.

Tous se précipitent à sa suite, tandis que Dago, persuadé maintenant que cette complainte insolite est digne d'intérêt, aboie aussi fort qu'il le peut.

Le spectacle que les enfants découvrent est aussi inexplicable que les bruits qui l'accompagnent. Des lumières bleues et vertes brillent çà et là dans la campagne, tantôt faibles, tantôt éclatantes. Une étrange lueur blanche traverse lentement l'espace. Annie se cramponne au bras de sa cousine.

— J'ai peur... chuchote-t-elle. Qu'est-ce qui se passe ?

Mais ses compagnons sont aussi embarrassés qu'elle.

— Je ne comprends pas, articule Mick. Attendez-moi ici. Je vais aller voir de plus près.

Et, avant que personne puisse l'arrêter, il est dehors, Dagobert sur les talons.

— Non ! reviens ! hurle sa sœur, entendant ses pas s'éloigner.

Mais ses appels restent sans réponse. Elle demeure, tremblante, devant la fenêtre, serrée entre François et Claude, guère plus rassurés qu'elle... Tous trois regardent et écoutent intensément lorsque, soudain, les gémissements cessent et les lumières pâlissent. Puis on entend Mick se rapprocher dans l'obscurité.

— Alors ? qu'est-ce que c'était ? presse sa cousine, dès qu'il a franchi le seuil.

— Je n'en sais rien, répond le jeune garçon d'un air sombre. C'est une véritable énigme...

chapitre 11

Découvertes intéressantes et plan d'action

Par la fenêtre ouverte, il n'entre plus ni cris ni lueurs étranges. La nuit est redevenue paisible et silencieuse. Les quatre aventuriers s'asseyent dans un coin de la pièce. Annie, serrée contre François, est paniquée.

— Je veux retourner à la maison, murmure-t-elle. On rentrera dès demain, d'accord ?

Son frère aîné passe le bras autour de ses épaules sans lui répondre. Il observe Mick, qui est resté muet depuis son retour. Ce dernier voudrait expliquer aux autres ce qu'il a vu, mais il ne trouve pas de mots pour s'exprimer. En fait, il n'a strictement rien aperçu. Guidé par les plaintes qu'il entendait, il est arrivé à hauteur des trois chênes rabougris, tout près, semble-t-il, de l'endroit d'où les bruits provenaient.

— C'étaient comme des voix humaines, précise-t-il, et pourtant je ne voyais personne. Dago aboyait, courait en tous sens, avait l'air apeuré, mais ne découvrait rien. Et c'est à ce moment que les gémissements se sont tus. D'un seul coup.

— Et les lumières ? questionne François.

— Les lumières ? Elles sont tout aussi inexplicables que les voix. Tout d'abord, j'avais cru qu'elles brillaient à hauteur d'homme. Mais ce n'était pas vrai. En m'en approchant, j'ai vu qu'elles flottaient, quelque part assez haut dans l'air, à quatre ou cinq mètres peut-être. C'est difficile à évaluer. Elles se sont éteintes en même temps que les voix se sont tues, au moment où j'arrivais assez près pour voir d'où elles provenaient. Une chose est sûre : ça n'a pas pu se faire tout seul. Pourtant s'il y avait eu quelqu'un, Dago l'aurait vu...

— Mais s'il n'y avait personne, complète Annie, c'est que cette lande est hantée. Rentrons à la *Villa des Mouettes*. Dès demain.

— Si tu veux, accepte enfin François. Cette affaire me paraît incompréhensible. Je suis prêt à abandonner. Mais je ne le ferai pas avant d'avoir vérifié le terrain ! J'ai une idée en tête...

— Quelle idée ? questionne Claude.

— Supposons que notre présence ici soit réellement une gêne pour celui ou ceux qui soulèvent les dalles, que feraient-ils ? Ils chercheraient à nous faire partir. Le meilleur moyen serait alors de nous effrayer. Une petite mise en scène comme celle qu'on vient d'admirer pourrait très bien avoir eu pour but de nous faire déguerpir.

— Mais... dans ce cas, comment expliquer que Dago n'ait débusqué personne ?

— On le comprendra peut-être en inspectant les lieux.

— Et si tu ne trouves rien ni personne, on rentre ? répète Annie.

— Oui ! promis, sœurette ! Et, de toute façon, je ne t'obligerai pas à passer une soirée de plus ici, si tu as trop peur.

Peu après, rien d'anormal ne s'étant produit, les campeurs se recouchent et parviennent à se rendormir. Le reste de la nuit s'écoule sans alerte, et le soleil est déjà haut quand Claude, la première, ouvre les yeux.

Elle réveille Mick.

— Tu te rappelles cette peur qu'on a eue cette nuit ? murmure-t-il avec un sourire ironique. Maintenant qu'il fait grand jour, je ne comprends pas qu'on ait pu être aussi affolés.

À côté de lui, François se redresse.

— Plus j'y pense, plus je suis certain que quelqu'un cherche à nous effrayer. Il a réussi son coup, d'ailleurs. Mais ça ne prendra plus ! Je ne crois pas aux fantômes, moi ! Hep ! Annie ! Espèce de marmotte ! Debout !

— Vous nous apportez notre chocolat chaud, oui ou non ? intervient Mick, en regardant sa sœur et sa cousine. À quoi servent les filles, si elles ne servent même pas les garçons !

Claude se raidit, les yeux brillants de colère.

— Tu peux bien te faire ton café toi-même, espèce de... commence-t-elle.

Puis elle remarque la mine goguenarde du jeune garçon et éclate de rire.

— Tu commences déjà à me faire enrager ?

— Je cherchais seulement à te mettre en forme pour la journée, rétorque-t-il avec un large sourire. Rien de plus. Maintenant, venez vite. On va se baigner !

Tous partent en courant allégrement. Dago bondit à leur suite. Le soleil brille avec un éclat plus réconfortant que jamais. Dans les buissons, les oiseaux chantent à tue-tête. Les terreurs nocturnes sont bien oubliées !

En arrivant près de l'étang, Claude s'aperçoit qu'un baigneur les y a devancés.

— C'est Guy ! constate-t-elle.

Puis elle ajoute en riant :

— S'il veut bien, ce matin, se laisser appeler Guy ! Quel dommage qu'il soit là !

— Oh ! tant pis ! On fera comme s'il n'existait pas !

Et Mick, tournant le dos au nageur, se met à délacer ses tennis.

— Venez ! L'eau est délicieuse ! crie une voix lointaine.

C'est Guy. Il les a entendus et agite le bras pour les appeler. Son visage est tout sourire.

— On arrive ! répond Annie, caressant Radar qui, en guise de bonjour, frotte son poil mouillé contre ses jambes. Tu t'appelles Guy ce matin, ou non ?

— Bien sûr, que je m'appelle Guy ! Allez et venez jouer. Vous arrivez au bon moment, je commençais à m'ennuyer tout seul.

Le jeune archéologue nage comme une anguille. Il déploie ses talents pour la plus grande joie de tous. Il nage sous l'eau, attrape une ou deux jambes au passage, éclabousse tout le monde, file comme un poisson volant et s'engloutit sous les profondeurs lorsqu'on croit le saisir en surface.

Quand le jeu prend fin, les baigneurs, essoufflés, s'allongent au soleil.

— Dis donc, Guy, questionne François, tu n'as rien vu d'extraordinaire cette nuit ? Ni rien entendu ?

— Je n'ai rien vu, mais je crois avoir perçu des gémissements. C'était lointain et ne me parvenait que par vagues, sans doute lorsque le vent apportait le son de mon côté. Mais Radar avait peur. Hein, Radar ? Tu es venu te cacher entre mes jambes.

— On a entendu les mêmes plaintes, révèle Mick, mais très proches. Et on a vu des lueurs.

La conversation roule un certain temps sur ce sujet, mais Guy ne peut être d'aucune aide. Il était beaucoup trop loin des gémissements et des lumières, la nuit passée.

— J'ai une faim d'ogre, déclare soudain Claude. Dès que je ferme les yeux, je vois des piles de tartines et des bols de chocolat fumant. Rentrons déjeuner...

On prend congé de Guy et de Radar, en promettant de se retrouver bientôt.

— Je n'y comprends rien, confie Annie, lorsque le garçon les a quittés. Parfois, ce type a l'air tout à fait normal, et à d'autres moments, il paraît perdre la tête...

— Regarde là-bas, interrompt sa cousine. Ce n'est pas lui qui suit le sentier en courant ? À droite, tu vois ? Je me demande comment il peut être déjà arrivé là ? On l'a vu partir dans la direction opposée.

La silhouette en maillot de bain, qui s'éloigne à toutes jambes, ressemble bien à Guy. L'archéologue poursuit cependant sa course, sans ralentir ni se retourner, malgré les cris que poussent les Cinq, assez fort pour mettre en fuite tous les lapins de la lande.

Claude se tapote la tempe de l'index et tous éclatent de rire. Mais un sentiment de gêne subsiste. Pourquoi la conduite de ce garçon est-elle si différente d'une fois sur l'autre ? C'est incompréhensible. Et, comme tout ce qui ne s'explique pas, cela engendre une certaine inquiétude.

Après un copieux petit-déjeuner, la bande part

explorer la zone où ont eu lieu les insolites événements nocturnes. Mick conduit le groupe. Arrivé à hauteur du bouquet d'arbres qui domine la lande, face à la chaumière, il s'arrête.

— C'est d'ici que semblaient provenir les bruits, annonce-t-il, et par ici aussi que flottaient les lumières, à plusieurs mètres au-dessus du sol.

— Tu es sûr que ce ne sont pas des gens qui les portaient, ces lumières ?

— Absolument certain. À moins que ces gens ne soient des géants.

— Vous ne pensez pas, murmure timidement Annie, que ces arbres ont pu servir à quelque chose ? Si les inconnus y ont grimpé, ils ont pu, de là-haut, allumer leurs ampoules, et produire leurs bruits avec je ne sais quels instruments bizarres.

François examine les arbres, puis se tourne vers sa sœur avec un regard admiratif.

— Bravo, sœurette ! s'écrie-t-il. Tu as toujours l'air plus effrayée que tout le monde, et, en fait, c'est toi qui y vois le plus clair ! Mais bien sûr que tu as raison ! Je ne sais pas avec quoi ils ont pu émettre ces gémissements, ni quel genre d'artifice pouvait produire ces lueurs, mais il s'agissait sûrement d'un truquage !

— Ça expliquerait aussi que Dago n'ait trouvé personne ! ajoute Claude. L'ennemi était dans les branches quand il le cherchait au sol ! N'empêche qu'ils ne devaient pas être rassurés, là-haut, en entendant le chien aboyer sous leur refuge.

Mick se penche brusquement et ramasse un bout de plastique verdâtre tout mou et ratatiné.

— Et voilà une pièce à conviction, affirme-t-il gaiement. Nos ennemis ont utilisé des ballons de caoutchouc... des ballons lumineux !

— Très ingénieux ! apprécie son frère. J'ai l'impression qu'ils avaient emporté un joli arsenal là-haut en vue d'une représentation grandiose. Ils sont résolus à nous mettre en fuite ! Dommage qu'ils se soient donné tant de mal pour rien !

— Ils ont bien failli réussir, tempère sa cousine. On a eu vraiment peur, non ?

— Oui, mais maintenant, c'est fini. Ils ne nous effraieront plus, déclare Annie dans un sursaut de bravoure bien inattendu. Je refuse de faire ce qu'ils attendent de nous ! Je ne veux plus partir.

— Bravo, Annie ! l'encourage François en lui donnant une claque fraternelle sur le dos. Bravo ! On va rester ! Mais il y a encore mieux à faire.

— Quoi ?

— Rester, mais en faisant semblant de partir ! On démonte la tente, on plie bagage, bref, on vide les lieux mais... mine de rien, on s'installe plus loin ! Et puis cette nuit, Mick et moi, on revient ici se cacher dans un coin et guetter les visiteurs, qui croiront qu'on est rentrés chez nous. S'ils viennent, on les espionnera, et on saura alors ce qu'ils cherchent, et pourquoi ils le cherchent.

— Magnifique ! approuve son frère, ravi, en lançant en l'air le morceau de caoutchouc. Ces « fantômes » aiment plaisanter ? Eh bien, nous aussi !

chapitre 12

Une bonne cachette

La journée se passe agréablement. Les Cinq jouent et se promènent, puis, vers six heures du soir, on décide qu'il est temps de passer à l'exécution du plan prévu et de simuler le départ.

— J'ai l'impression que quelqu'un nous observe, confie Mick. Quel plaisir on va lui faire en levant le camp !

— Hein ? on nous observe ? questionne sa sœur, jetant un coup d'œil soupçonneux autour d'elle comme si elle s'attendait à voir un espion derrière chaque buisson. Ce n'est pas possible. S'il y avait quelqu'un, Dago nous le dirait !

— Le « quelqu'un » en question est peut-être trop loin pour que Dag puisse sentir sa présence.

— Comment il nous verrait, alors ?

— Annie, commence Mick sur un ton doctoral, je ne sais pas si tu as déjà entendu parler d'un instrument d'optique appelé « jumelles », qui permet...

Une bourrade vient interrompre son discours. La fillette, rougissant de son manque de perspicacité, le fait taire et lui dit en même temps :

— C'est bon, je connais ! Pour une fois, tu as raison.

— Je peux même t'indiquer le point exact où se trouve en ce moment notre observateur. J'ai remarqué à différentes reprises des éclats de lumière – comme quand le soleil se réfléchit sur un morceau de verre – au sommet de la colline que tu vois là. Le curieux doit être installé à cet endroit et très occupé à nous surveiller.

Annie se tourne pour regarder le point indiqué, mais François la coupe dans son élan.

— Non ! Ne regarde pas dans cette direction ! Ni toi ni personne ! Notre observateur n'a pas besoin de savoir qu'on sait où il se cache !

Les préparatifs de départ se poursuivent bon train. Claude reçoit l'ordre de charger sa tente sur son vélo en se tenant bien en vue dans un espace dégagé, afin que tous ses gestes soient bien visibles. François ficelle très ostensiblement le matériel de cuisine, Annie plie les imperméables et Mick regonfle ses pneus, lorsque tout à coup Dago aboie.

— Quelqu'un vient ! souffle la benjamine du groupe.

Toutes les têtes se tournent dans la direction qu'indiquent les aboiements. Chacun s'attend à voir paraître un individu à l'air menaçant, mais ce n'est qu'une paysanne marchant rapidement, un panier au bras. Un grand châle couvre sa tête et ses cheveux soigneusement tirés ; son visage n'est ni poudré ni fardé, et ses yeux sont à peine dissimulés par des lunettes légèrement teintées. En apercevant les vacanciers, elle s'arrête.

— Bonsoir, fait poliment François.

— Bonsoir, répond la femme. Vous venez camper ici ? Vous avez choisi le beau temps.

— Non, réagit Claude, on part, au contraire ! On a logé dans cette chaumière, mais on préfère ne pas y rester... Elle est très vieille, hein ?

— Oui ! et elle a assez mauvaise réputation.

— Ça ne m'étonne pas ! Il s'y passe des choses étranges la nuit...

— On la dit hantée... Pour ma part, je n'oserais pas y venir de nuit, ajoute la fermière en frissonnant. Ah ! non ! alors !

— C'est ce qu'on croit aussi, continue François. Alors, on va ailleurs.

— Vous avez raison ! Et de quel côté comptez-vous vous installer ?

— On rentre à Kernach, explique Mick, éludant la question.

— Kernach ? Un coin charmant, fait la femme en reprenant sa route. Bonsoir, les enfants, et ne vous attardez pas ici une fois le soleil couché !

Un instant plus tard, elle est hors de vue.

— Reprenons nos occupations, ordonne Claude. L'espion est encore là-haut à nous regarder.

Elle boucle un dernier tendeur sur son V.T.T. et dit à François :

— Pourquoi tu as raconté tout ça à cette dame ? D'habitude tu n'es pas aussi bavard quand on est en pleine aventure.

— Réfléchis ! Tu as vraiment pris cette personne pour une paysanne ? Elle n'est pas plus fermière que moi ! Et elle n'est peut-être même pas de la région.

— Tu crois ? questionne Annie. Elle paraissait bien connaître la chaumière, pourtant !

— *Trop* bien, justement ! assure son frère aîné, tandis que Mick ajoute :

— Elle avait les cheveux teints, et ses mains... Vous n'avez pas remarqué ses mains ! Celles d'une vraie paysanne sont tannées et ridées, alors que les siennes étaient blanches, douces et lisses comme celles d'une princesse. Et le châle ! quel déguisement grossier... Tous ces indices prouvent que sa petite visite n'était qu'une comédie. Cette femme appartient à la bande qui cherche à nous déloger d'ici. Elle est venue pour s'assurer qu'on partait vraiment. Et si elle a cru nous tromper avec son costume, c'est bien la preuve que ces gens nous croient plus bêtes qu'on ne l'est !

— On leur prouvera le contraire ! s'exclame François, fougueusement. Ils reviendront cette nuit. Ils retourneront autant de pierres qu'ils voudront et, nous, on prendra un malin plaisir à les observer !

— Mais soyez prudents... implore Annie. Vous vous cacherez où ?

— On ne le sait pas encore. Mais on trouvera un bon poste d'observation ! L'important, maintenant, c'est de bien montrer aux espions qu'on est en train de partir.

— Exact ! renchérit Claude. Laissons-les croire qu'on a pris peur... Mais moi, je ne suis pas effrayée du tout ! Et je reviendrai avec vous, les garçons. Annie pourra très bien rester avec Dago. Elle ne risquera rien !

— Non ! s'écrie cette dernière. Ne me laisse pas toute seule !

— Il vaut mieux que vous nous attendiez ensemble, tranche l'aîné du groupe. Plus on sera, plus on risquera de se faire repérer par nos ennemis.

Sa cousine, mécontente, fronce les sourcils et prend son air boudeur. François éclate de rire.

— Jolie grimace ! constate-t-il. Tu ne la fais pas souvent, mais elle te va bien. Essaie de paraître encore un peu plus maussade, et ce sera parfait !

Cette plaisanterie arrache à l'adolescente un sourire involontaire. Puis elle s'efforce de faire contre mauvaise fortune bon cœur, et accepte de tenir compagnie à Annie. Mais il est dur d'être écartée au moment même où l'aventure promet de devenir palpitante.

— Où est-ce qu'on va s'installer ? questionne-t-elle, en tâchant de cacher sa déception.

— Pas trop loin, décide Mick.

— Mais pas trop près non plus, objecte son frère, pour que l'espion de la colline ne puisse pas voir où on établit notre nouveau campement.

— Je crois qu'il a quitté son poste. Il y a un moment que je ne vois plus d'éclats de lumière là-haut. Notre fausse fermière a dû le rassurer en lui affirmant qu'on était décidés à partir.

— Je connais un endroit ! s'écrie soudain Claude. À deux ou trois cents mètres de l'autre côté de la source, il y a près du chemin une énorme touffe d'ajoncs. Je l'ai examinée attentivement. Elle forme comme une voûte au-dessus d'un creux de terrain où l'on pourrait très bien se cacher.

— Allons voir, décide François. Si ce n'est pas trop piquant, ça fera l'affaire.

La maîtresse de Dagobert, un peu rassérénée, prend la tête de la petite troupe. Le chien ferme la marche, sa collerette de carton, sale et déchirée, lui donnant un air plus comique que jamais.

On avance quelque temps, puis la jeune fille s'arrête.

— On ne doit plus être loin, annonce-t-elle. Je me souviens que j'entendais encore le bruit de la source quand j'ai découvert l'endroit. Ah ! voilà !

C'est, en effet, une énorme touffe d'ajoncs, verte et hérissée d'épines, portant encore quelques fleurs jaunes au bout des branches. Le tronc principal fortement incliné couvre un affaissement du sol assez profond pour abriter deux ou trois personnes.

François, s'enveloppant la main dans un morceau de papier d'emballage pour la protéger, soulève les branches et inspecte l'intérieur de cette cachette. L'examen lui paraît satisfaisant. Le fond est sec, tapissé de brindilles comme un nid.

— Vous serez très bien là-dedans, déclare-t-il en s'adressant aux filles, et il y aura même assez de place pour loger Dago.

— Pas avec sa collerette ! fait remarquer Claude. Elle va se prendre dans toutes les branches.

— Eh bien, enlève-la-lui ! suggère Mick. La coupure est bien cicatrisée maintenant, et même s'il la gratte, il ne se fera pas grand mal.

L'adolescente vérifie une fois de plus l'état de la blessure, et suit le conseil de son cousin.

— Bien, décide-t-elle, je la retire !

Et elle se met à couper les fils retenant ensemble les deux extrémités du col de carton.

— Pauvre Dag ! murmure Annie, avec un brin d'ironie. On ne va plus te reconnaître sans ton entonnoir autour du cou !

Quand Claude a détaché le carcan de carton et l'a jeté au loin, son protégé balance doucement la queue, comme pour remercier, mais ses grands yeux interrogateurs semblent dire :

— Alors quoi ? Tu me l'avais mis et tu me l'enlèves ? Je ne comprends pas ce que tu veux, mais je te laisse faire...

— Oh ! s'écrie sa maîtresse, tu as l'air tout nu maintenant. Mais je t'aime mieux comme ça !

— Tu sais, mon vieux Dago, ajoute sa cousine, on n'aura que toi pour nous défendre cette nuit. Tu veilleras bien sur nous, dis !

— Ouah ! réagit le chien, agitant énergiquement la queue, et ce « ouah » veut dire : « Je sais qu'il y a du danger mais tu peux compter sur moi ! »

chapitre 13

Nuit de guet

Il commence à faire nuit. Sous la touffe d'ajoncs, il fait même complètement noir.

Le Club des Cinq, au complet, est parvenu à se faufiler dans ce refuge et à y dîner avec un minimum de gestes. Le repas est gai, entrecoupé de rires étouffés et de petits cris chaque fois qu'un bras ou un cou non protégés affleurent une branche couverte de piquants.

François a préparé, pour son frère et pour lui, un en-cas composé de sandwichs, biscuits secs et chocolat. Il compte bien l'utiliser si l'attente doit se prolonger.

— Soyez prudents ! répète la benjamine du groupe à tout moment.

— Oh ! Annie ! supplie Mick, tais-toi ! C'est la dix-huitième fois que tu nous fais la même recommandation. Ne t'inquiète pas ! On passera une excellente soirée. Si quelqu'un court le moindre danger, ce sera toi et Claude, pas nous.

— Comment ça ? questionne la fillette, surprise.

— Eh bien... il faudra vous méfier de ce gros scarabée que j'aperçois là dans le coin, et veiller à ce qu'aucun porc-épic ne vienne se frotter à vos jambes. Et aussi prendre garde aux serpents qui pourraient être tentés de se faufiler au chaud dans ce petit nid !

— Ne raconte pas de bêtises ! l'enjoint sa sœur. Dis-moi plutôt à quelle heure vous serez de retour.

— À la minute précise où tu nous entendras revenir, fait Mick, toujours riant.

Annie est sur le point de se fâcher quand François intervient.

— Allez, frérot, il est temps de se mettre en route !

— Je suis prêt, assure ce dernier, mais il nous reste une manœuvre complexe à effectuer : nous extraire de ce guêpier.

Le garçon se propulse à reculons vers la sortie, faisant l'impossible pour ne pas frôler les branches, ce qui ne l'empêche pas de se piquer un peu partout et, dépité, il déclare que les ajoncs font exprès de se mettre sur son passage pour l'égratigner.

Quand les deux aventuriers sont sortis, Annie et Claude, restées seules, se sentent assez désemparées. Elles n'entendent plus rien, même pas le bruit des pas de leurs compagnons qui s'éloignent, tant ils marchent silencieusement sur la bruyère.

— Oh ! j'espère qu'ils seront... commence la benjamine des Cinq.

— Assez ! l'interrompt sa cousine. Si tu dis ça encore une fois, je ne t'adresse plus la parole jusqu'à demain... je te le promets !

— Mais ce n'est pas « ça » que j'allais dire ! gémit la fillette. J'espère qu'ils seront assez débrouillards pour découvrir le fin mot de l'affaire cette nuit, et qu'on pourra retourner dès demain aux *Mouettes*.

— Ah ! d'accord ! fait Claude en riant. Puisque Dago n'a plus de collerette, on n'a aucune raison de rester ici. Moi aussi, j'ai envie de rentrer à la maison, de me baigner dans la mer, de faire des excursions à bord de mon canot, et...

— ... de goûter à la cuisine de Sylvie, ajoute l'autre avec un soupir d'envie.

Pendant quelque temps, les deux filles évoquent les joies qui les attendent à Kernach, dès qu'elles pourront quitter la lande, puis Annie bâille.

— Si on dormait ? suggère-t-elle. De toute façon, on n'apportera pas plus d'aide aux garçons en restant éveillées.

Elles se serrent l'une contre l'autre sous la couverture, au fond du trou. Dago ne trouve la place de se coucher que sur leurs jambes, mais personne ne le chasse. C'est si réconfortant de le sentir là !

— Je voudrais bien savoir ce que font Mick et François, murmure encore sa maîtresse d'une voix ensommeillée.

Puis le calme absolu règne sur et sous les ajoncs de la lande.

Les garçons, à ce même moment, ne s'amusent pas beaucoup. Arrivés à la chaumière sans faire le moindre bruit, et sans utiliser leurs lampes de poche pour n'alerter personne, ils ont décidé de s'installer à l'étage.

— Le toit ne nous gênera pas pour surveiller les environs, a ironisé François. Et les murs non plus. De toute façon, ici, il n'y a que du parquet pourri et pas la moindre dalle de pierre à soulever. Je doute que nos visiteurs aient besoin de monter.

Ce projet a été exécuté sans la moindre difficulté. Il n'y a pas de lune, mais le ciel est dégagé et, avec un peu d'entraînement, on y voit assez clair pour se diriger.

La masure est silencieuse, comme morte. Les deux frères se retrouvent bientôt en haut de l'escalier de pierre, et si leur cœur bat un peu fort, ils veulent croire que ce n'est qu'à force de retenir leur souffle pour ne pas faire de bruit.

— Tu ne l'entends pas ? souffle Mick dans l'oreille de son aîné.

— Qui ?

— Mon cœur !

— Non ! fait François en gloussant d'un rire silencieux, mais le mien tambourine tout autant ! C'est bête ! Il n'y a pas à avoir peur ! On sera parfaitement bien ici. On est arrivés les premiers, c'est une chance ! Profitons-en pour nous installer.

— Comment ?

— En s'assurant qu'il n'y a pas d'obstacles imprévus qui pourraient nous faire trébucher au mauvais moment.

Les deux aventuriers écartent soigneusement quelques débris de poutres pourries, mais renoncent à repousser des branches de rosier grimpant, qui s'enchevêtrent un peu partout. Il faudrait des heures pour les déblayer.

— Tant pis ! décide Mick. Laissons-les.

Il s'est piqué les doigts, il suce ses écorchures tout en s'installant sur un pan de mur. De là, il découvre tout le terrain s'étendant au pied de la masure. Assis auprès de lui, son frère surveille l'autre côté. Un vent léger et tiède souffle, agitant les branches de rosier. L'une d'elles frotte contre les pierres avec un petit grincement agaçant. C'est le seul bruit qu'on entend. Et les minutes passent, lentement. De plus en plus lentement.

— Je croyais que ce serait amusant ! chuchote l'aîné des Cinq en étouffant un bâillement. Quelle erreur !

L'autre lui impose le silence, et l'attente reprend. Elle dure depuis plus de trois quarts d'heure, quand la main de François se pose sur l'épaule de son acolyte.

— Les voilà ! murmure-t-il en même temps.

Mick tourne la tête et aperçoit au loin une lumière qui se déplace, minuscule. Puis, derrière celle-là, en apparaît une autre, et une autre encore. Un vrai défilé !

La procession se rapproche lentement et sans le moindre bruit. Au bout d'un temps qui leur paraît extrêmement long, les garçons distinguent trois silhouettes sombres portant des torches électriques. Les lampes s'éteignent, puis les silhouettes disparaissent à l'intérieur de la chaumière.

— Ils viennent s'assurer de notre départ, analyse François. J'espère qu'ils ne penseront pas à monter jusqu'ici !

— Rien n'est moins sûr ! Mieux vaut se cacher.

Les vestiges de la cheminée dessinent une zone d'ombre contre les ruines du mur. Les deux aventuriers s'y glissent sans bruit et attendent, immobiles comme des statues.

Mick, le premier, entend un pas gravissant avec précaution les marches de pierre.

— On vient ! souffle-t-il et, plus bas encore. Si j'étais le rosier, je le piquerai au passage !

— Chut... fait son frère.

Le pas se rapproche. Le rayon d'une lampe balaye le plancher. Puis un juron étouffé retentit.

« Ça, ce sont les ronces ! pense François. Un bon point pour le rosier ! »

La lumière se promène quelque temps d'une pièce à l'autre. Puis la voix de celui qui est monté crie allégrement :

— Personne ici non plus ! Ils sont partis !

Son pas lourd, maintenant qu'il ne cherche plus à le dissimuler, redescend l'escalier, et un énorme soupir s'échappe de la poitrine des deux jeunes enquêteurs. Le danger est passé... Pour l'instant, du moins !

En bas, les visiteurs ne se gênent plus. Ils allument des lanternes et parlent tout haut.

— Par où on commence, Mado ? C'est toi qui as le plan.

— Oui ! réplique une femme. Mais je ne sais vraiment pas à quoi il pourrait servir ! Paul est un si mauvais dessinateur !

C'est la voix de la pseudo-fermière qui a rendu visite aux enfants cette même journée !

Un timbre masculin, avec un fort accent anglais, lui répond :

— L'important, ce n'est pas le plan ! C'est de trouver la pierre. On connaît ses dimensions, ça devrait suffire !

— Ouais ! fait la femme. Mais moi, je préférerais savoir où elle se trouve ! On n'est même pas certains que ce soit ici !

— En tout cas, elle n'est pas dans le camp romain, coupe l'autre. Il n'y a pas une seule dalle qui ait les mesures indiquées.

Mick donne un léger coup de coude à son frère. Les visiteurs dont Guy s'est plaint, ce devait être ceux-là ! Mais que cherchent-ils derrière une dalle aux proportions si bien définies ? La réponse à cette question ne tarde pas à venir. La voix de l'étranger reprend :

— Même s'il faut soulever un à un tous les carreaux des environs, je ne renoncerai pas ! Et vous m'aiderez ! Vous savez que si on ne retrouve pas le souterrain et les papiers qui y sont cachés, on finira nos jours en prison !

— Non ! pas en prison ! interrompt la voix d'un autre homme. C'est Paul qui a volé les documents. Pas nous !

— Vous ne pourriez pas obtenir qu'il nous refasse un plan plus précis ? questionne la prétendue fermière d'un ton pleurnichard. Je ne peux même pas lire ce qui est écrit.

Il y a un silence, puis la voix de Mado s'élève de nouveau :

— Et ce mot-là, dit-elle, qu'est-ce que c'est ? Je ne peux pas le lire : edu... ? *eclu*... ?

— Montre !

Les deux garçons, tapis à l'étage, échangent un regard. Comme ils voudraient tenir ce plan en main et déchiffrer eux-mêmes cette écriture illisible !

Un éclat de rire bruyant les fait sursauter.

— Imbécile ! lance l'homme à l'accent britannique. La lettre du milieu n'est ni *d* ni *cl*, c'est un *a*. Ça fait *eau* ! Où y a-t-il de l'eau ici ? Dans la cuisine ? Un puits couvert par une dalle, je parie ! Là, regardez sous l'évier : la voilà, la dalle ! Elle a juste la bonne dimension !

Les doigts de Mick se serrent sur le poignet de François.

— Ils ont trouvé avant nous ! souffle-t-il entre ses lèvres crispées.

chapitre 14

De nouvelles surprises

Des bruits de pas pressés résonnent en bas, puis ce sont des coups sourds, des crissements de fer contre la pierre, des respirations bruyantes coupées de grognements. Les vandales s'acharnent contre la dalle et, à coup sûr, elle est lourde et difficile à manier.

— Quel morceau ! gronde une voix. Ça pèse une tonne, et on s'y arrache les doigts sans l'ébranler d'un poil. Passe-moi la pince, Léo, tu ne sais pas t'en servir !

La lutte dure un bon moment encore, puis on entend un cri de triomphe :

— Ça y est !

Presque aussitôt, le carreau de pierre s'abat sur le sol, si brutalement que toute la chaumière en est ébranlée.

François et Mick donneraient cher pour voir ce qu'a livré la dalle descellée. Mais c'est impossible. Il faut rester caché à deviner d'après les bruits ce qui peut se passer au rez-de-chaussée.

Il n'y a pas d'exclamation de triomphe, mais quelques phrases prononcées sur un ton de déception croissante :

— Oui ! c'est bien un puits... Mais l'eau est rudement loin... On n'y voit rien... Passe-moi la lampe...

Et tout à coup une voix furieuse éclate, la voix de l'anglais :

— Il n'y a aucun passage secret, là-dedans ! C'est un puits, sans plus. Paul n'a pas pu traverser une nappe d'eau pour cacher ses documents ! Repassez-moi le plan. Ce mot ne peut pas être *eau* !

— Je veux bien, patron ! Mais qu'est-ce que c'est alors ? questionne la femme. Ce n'est pas une carte, c'est une devinette ! On ne s'en tirera jamais !

La voix de Léo renchérit :

— Je commence à en avoir assez, moi ! On a mesuré et soulevé des dizaines et des dizaines de pierres, d'abord au camp romain et maintenant ici, et on n'est pas plus avancés !

— Suffit ! coupe brutalement la voix du chef. Si quelqu'un n'est pas content, il n'a qu'à s'en aller... mais qu'il prenne garde...

La menace sous-entendue par cette phrase doit être de taille, car les complices cessent de se plaindre.

— Ne te fâche pas ! reprend Mado. On est dans le coup et on ne te lâchera pas !

— On fera ce que tu veux, ajoute Léo, encore

plus cauteleux. On démolira cette cabane pierre par pierre, si tu juges que c'est nécessaire !

— Inutile ! Je ne vous demande que de déplacer les dalles qui ont la taille indiquée par Paul...

Ainsi commence pour Mick et pour François une longue épreuve de patience. N'osant remuer, alourdis de crampes, ils écoutent se répéter les mêmes bruits : des pas, des coups sourds, des han ! Puis l'écho d'une dalle qui retombe et de brefs commentaires :

— Rien ! Ce n'est pas là ! Cherchons encore !

Après de nombreux essais, tous aussi infructueux les uns que les autres, les hommes vont poursuivre leurs recherches dans l'étable, laissant la femme dans la chaumière. L'aîné des Cinq croit qu'elle est partie et étend ses jambes avec un soupir de soulagement.

— Qui est là ? appelle soudain Mado.

Les deux garçons s'immobilisent, plus raides que des barres de fer. Mais peu après les hommes reviennent.

— Rien ! lâche le patron. Il faudra retourner au terrain de fouilles.

— Ce ne sera pas facile, remarque sa complice. Il y a ce gamin...

— J'en fais mon affaire !

La voix du chef a claqué sec. François se rembrunit. Guy est-il en danger ? Il serait bon de l'avertir.

— Que faire, maintenant ? interroge Léo.

— On part. On perd notre temps dans cette chaumière, c'est sûr ! Et Roger doit s'impatienter.

Au grand soulagement des jeunes guetteurs, les trois inconnus s'en vont après cette courte discussion.

Qu'il est bon de se redresser et de s'étirer ! Penchés sur le mur croulant, les deux aventuriers surveillent les lumières qui s'éloignent dans la lande.

— Maintenant, on peut aller retrouver les filles ! déclare François presque à voix haute.

— Si on est capables de marcher ! plaisante Mick en se frictionnant les mollets. En tout cas, on n'a pas perdu notre temps. On en a appris, des choses !

— Oui ! approuve son frère. Le mystère s'éclaircit. *Primo*, un certain Paul a volé des documents précieux – on ne sait pas lesquels, mais qu'importe ! *Secundo*, il les a cachés dans un souterrain situé dans les parages. *Tertio*, l'entrée de ce souterrain est dissimulée sous une dalle d'une dimension bien précise.

— Et on connaît la dimension de ce carreau, achève l'autre, puisqu'on a vu celui qu'il a descellé dans l'étable.

— Conclusion : avant de partir, on prend les mesures de la pierre et demain on informe Guy du secret. Il nous aidera à chercher !

— Tout à fait d'accord ! acquiesce Mick en se dirigeant vers l'escalier, puis il s'arrête pour commenter :

— C'est quand même curieux de penser qu'on est entraînés dans cette affaire à cause d'une collerette de carton, et que rien ne serait arrivé si Claude n'était pas aussi susceptible pour tout ce qui concerne Dago !

— Tu ne vas pas me faire croire que tu le regrettes ! rétorque François en riant. Allez, avance ! J'ai sommeil !

— Non ! je ne le regrette... commence son frère en se remettant en marche.

Mais il a complètement oublié le rosier. Il se prend le pied dans une branche traînant à terre et manque de tomber dans l'escalier. Sa phrase demeure inachevée...

Après avoir soigneusement relevé les mesures de la dalle sous l'évier et de celle de l'étable, les deux garçons quittent la chaumière, se dirigeant droit vers la source, puis de là, au jugé, vers le buisson d'ajoncs.

Ils se trompent deux fois avant de trouver le bosquet qu'ils cherchent, mais un léger aboiement de Dagobert les remet sur la bonne voie et bientôt ils se faufilent sous les épines, qu'ils trouvent, tant ils ont sommeil, bien moins agressives qu'au départ.

— C'est vous ? Enfin ? fait la voix endormie de Claude les accueillant. Vous êtes partis longtemps ! On n'a pas fermé l'œil. Oh ! tranquille ! Dago ! Il n'y a pas assez de place ici pour faire le cirque ! Allez ! dites-nous vite ce que vous avez fait !

Le buisson d'ajoncs, éclairé par en dessous, doit

être d'un effet curieux dans la lande obscure, mais personne n'est là pour le regarder. Vu de l'intérieur, le spectacle est encore plus étonnant : quatre enfants et un chien, en pleine nuit, les yeux brillants d'excitation, à la lueur de lampes de poche, écoutent ou se racontent des faits surprenants.

Mais bientôt les torches s'éteignent. La joie causée par les découvertes des garçons a beau être grande, le besoin de sommeil est plus fort encore. Tassés les uns sur les autres, au fond de leur trou épineux, auditrices et narrateurs s'endorment pêle-mêle.

Quelques heures plus tard, au moment où le jour commence à poindre, Dagobert dresse la tête et grogne. Claude s'éveille aussitôt. Elle tend l'oreille sans pouvoir saisir aucun bruit suspect. Dago continue à gronder. François se redresse à son tour et écoute, mais il n'entend rien non plus.

S'il n'était aussi fatigué par sa longue veille, il serait sans doute sorti voir ce qui inquiète le chien. Mais il est épuisé, et il fait si noir sous le buisson qu'il pense qu'il ne verra rien dehors.

— Ce doit être une belette ou un hérisson... murmure-t-il, et il retombe endormi.

Peu après, Dago cesse de gronder, et sa maîtresse, rassurée, se rendort, elle aussi. Il est près de neuf heures quand tous s'éveillent, courbatus.

— Allons vite nous baigner, décide Mick. Ça

nous fera du bien. Ensuite, si on ne l'a pas rencontré à l'étang, on ira avertir Guy !

La première partie de ce programme s'effectue agréablement et sans difficulté. Le jeune archéologue n'est pas dans l'eau, mais personne ne s'en étonne. Il est vraiment très tard.

Les cinq membres du Club, délassés par un bon bain et de nouveau absorbés par l'énigme qu'ils cherchent à résoudre, discutent et chantonnent gaiement en approchant du terrain de fouilles, lorsqu'un bruit inattendu les cloue sur place : des sanglots s'élèvent du fond d'une tranchée, ininterrompus et si lamentables qu'on en a le cœur serré.

Annie se sent presque prête à pleurer elle aussi, mais François, saisi d'une sorte de pressentiment, s'élance en appelant : « Guy ! Guy ! »

Au fond de la fosse, le garçon est affalé de tout son long, la tête appuyée sur ses bras repliés.

— Guy ! qu'est-ce qui s'est passé ? Tu as mal quelque part ? lance l'aîné du groupe en s'agenouillant à côté de lui. Guy ! réponds-moi !

Ce dernier ne semble avoir aucune blessure, cependant il ne cesse de sangloter.

— C'est Radar ? questionne encore François. Il lui est arrivé quelque chose ?

— Non ! c'est Guy ! Ils l'ont capturé ! C'est affreux ! Il ne reviendra jamais, je le sais !

— Guy ? Mais c'est toi, Guy ! marmotte l'autre, complètement dérouté. Qu'est-ce que tu racontes ?

Il est certain désormais que son interlocuteur est

fou. Il lui caresse doucement l'épaule pour le calmer.

— Ne pleure pas. Viens avec nous... on te conduira chez le docteur ! Viens !

Le garçon se redresse d'un bond, les yeux brillants de colère, le visage tuméfié de larmes. Il crie :

— Mais je ne suis pas malade ! C'est Guy ! Il a été enlevé ! Je ne suis pas Guy. Je suis Stéphane, son frère ! Son jumeau !

Il faut à ceux qui l'écoutent près d'une minute pour comprendre ce qu'il dit et se remettre de leur surprise. Ensuite, évidemment, les choses s'expliquent d'elles-mêmes ! Il n'y a pas un garçon fou ; il y a deux garçons normaux ! Mais ils se ressemblent au point qu'on ne peut les distinguer.

— Des jumeaux ! répète Annie abasourdie. Pourquoi on n'y a pas pensé ?

— Mais aussi pourquoi n'étiez-vous jamais ensemble ? demande Claude.

— Parce qu'on était fâchés, explique Stéphane en se remettant à pleurer de plus belle. Quand des jumeaux se disputent – se disputent vraiment –, c'est pire que toute autre querelle entre frères ! On ne voulais plus se voir, ni manger, ni dormir ensemble. On se détestait... vraiment ! Je voulais faire comme s'il n'existait plus ! Et lui, c'était pareil ! Il m'avait dit que j'étais mort pour lui !

— En effet, c'était grave ! apprécie Mick sans s'attarder à comprendre les raisons de cette haine.

Mais qu'est-ce qui s'est passé depuis, pour que tu sanglotes comme ça ?

— Hier soir, Guy m'a dit que notre brouille avait assez duré. Il voulait qu'on se réconcilie. J'ai refusé ! J'ai frappé la main qu'il me tendait et je suis parti... Toute la nuit je l'ai regretté et ce matin... ce matin...

Une nouvelle crise de larmes le secoue, lui coupant la parole. Les autres le regardent, gênés et attristés.

— Allez, va, fait Claude doucement en passant son bras autour des épaules du pauvre garçon. Dis-nous ce qui s'est passé. On pourra peut-être t'aider...

— Ce matin, je me suis levé très tôt... il faisait à peine jour... je voulais demander pardon à mon frère, me réconcilier avec lui. Et je l'ai vu là où vous êtes... il se débattait entre deux hommes qui le tenaient chacun par un bras... J'ai couru, je suis tombé dans la tranchée, je me suis fait mal au genou. Je n'arrivais pas à me relever. Je ne pouvais plus courir. Quand je suis arrivé, il n'y avait plus personne !

Stéphane se détourne et se remet à gémir tout bas.

— Je ne me le pardonnerai jamais, geint-il. Si j'avais accepté de me réconcilier quand il me l'a proposé, j'aurais été là pour le défendre, ce matin... C'est moi qui n'ai pas voulu C'est moi qui l'ai fui... et maintenant... C'est fini ! Je ne le reverrai plus !

chapitre 15

Bravo, Claude !

Claude s'efforce de réconforter le garçon. Elle l'oblige à s'asseoir sur une pierre pour examiner son genou. Une profonde entaille y a été faite par un silex tranchant, et, tout autour de la plaie, la chair est rouge et tuméfiée.

— Je vais essayer de te panser, déclare-t-elle. Ne bouge pas et ne pleure plus. On fera notre possible pour t'aider et retrouver Guy... Je crois qu'on sait déjà pourquoi il a été enlevé, hein, François ?

Stéphane lance un regard reconnaissant à la jeune fille et renifle. Elle lui tend son mouchoir, et en demande un autre à Mick. Elle s'en sert pour bander le genou.

— Je te fais mal ? questionne-t-elle.

— Aucune importance, murmure le pauvre blessé et, se tournant vers l'aîné des Cinq, il demande d'une voix suppliante :

— Tu sais pourquoi ils ont enlevé Guy ? Et où

l'ont-ils emmené ? Oh ! Si je devais ne plus le revoir, je ne me pardonnerais jamais... je...

— Allons ! Ne trempe pas mon mouchoir ! intervient Claude, apitoyée. Parle-nous plutôt de ces gens qui ont emmené ton frère. Tu les avais déjà vus ?

— Oui, deux d'entre eux étaient venus l'autre jour. Ils avaient essayé de m'éloigner pour chercher je ne sais quoi. Je m'étais mis en colère, vous pensez bien, et ils étaient partis.

— Ils ne sont pas revenus ?

— Ils ont dû revenir une fois, le lendemain, c'est-à-dire avant-hier ; mais je n'étais pas là, c'est mon frère qui les a reçus. Quand Guy faisait ses recherches, je m'en allais. On ne voulait plus travailler ensemble, vous comprenez ? On avait chacun notre planche pour poser les objets qu'on avait découverts et nos heures pour fouiller... On faisait chacun comme si l'autre n'existait pas... Oh ! c'est affreux ! Je...

— Oui ! je sais ! interrompt Mick voyant que Stéphane recommence à pleurer. Mais dis-moi, ces gens... ? Tu sais comment Guy les a reçus ?

— Aussi mal que moi, certainement ! Je l'ai entendu se mettre en colère. J'étais dans le champ, là-bas ! Je ne me suis pas dérangé... mais ils sont partis très vite !

— Tu es sûr que ce sont les mêmes qui sont revenus ce matin ? Ils sont partis par où ?

— Je ne sais pas. Ils étaient dans cette tranchée,

ici, quand je les ai aperçus. Après, j'ai parcouru tout le camp et les environs sans retrouver la moindre trace. On dirait qu'ils se sont évaporés.

— Ce n'est pas possible ! affirme Annie.

Elle voudrait ajouter quelques mots pour rassurer le garçon, mais ne les trouve pas. Elle lance un coup d'œil de détresse vers ses compagnons. Aussi embarrassés qu'elle-même, ils se taisent.

Le drame est facile à reconstituer : Guy a surpris les malfaiteurs retournant les pierres et les dalles de son camp. Il a voulu les en empêcher. Peut-être même est-il arrivé au moment où les intrus avaient enfin découvert ce qu'ils cherchaient. De toute façon, il était un témoin gênant. À cette heure il est sans doute loin, emporté dans une voiture roulant à vive allure vers une destination inconnue. Mais cela, on ne peut pas le dire à son frère.

— Et Radar ? interroge enfin François.

— Disparu, lui aussi.

Mick a commencé à fouiller le camp, cherchant des traces dans les tranchées, repérant les fameuses dalles. Les autres l'imitent sans rien découvrir d'intéressant. Le terrain, très sec, après ces trois jours sans pluie, ne retient aucune empreinte.

— On perd notre temps, estime enfin Claude. Il faut retourner à Kernach avertir les gendarmes.

Les garçons approuvent d'un signe de tête, tandis qu'Annie, l'esprit toujours pratique, rappelle que le matériel de camp est resté sous le buisson d'ajoncs ; il serait bon de le reprendre au passage.

La maîtresse de Dagobert regarde Stéphane. Il a certainement mis beaucoup d'espoir en ses nouveaux amis, car cet aveu d'impuissance paraît le décevoir profondément. Il se laisse retomber en larmes sur le bord de la fosse.

— Ne reste pas à pleurer ici tout seul, conseille la benjamine des Cinq en le prenant par le bras. Viens dire à la police tout ce que tu sais ! Cela les aidera.

— Tu crois ? Alors, je viens ! Je ferais n'importe quoi pour aider mon frère ! Je ne me disputerai plus jamais avec lui... je...

— Oh ! fait la fillette gentiment. Ne répète pas ça tout le temps, tu vas faire pleurer Dago !

L'archéologue lui adresse un sourire triste, et tous se dirigent vers la touffe d'ajoncs qui leur a servi d'abri.

Ce n'est qu'en retrouvant leurs affaires et en entendant tinter les boîtes de conserve qu'ils s'aperçoivent qu'ils meurent de faim.

— Mais... on est à jeun ! s'exclame Mick. On est partis se baigner sans rien avaler, et il est presque dix heures ! C'est terrible. Je vais m'évanouir avant d'arriver à Kernach !

— S'il reste quelque chose, mangeons ! décide sa cousine. Ce sera autant de moins à porter.

Leur nouvel ami, pourtant plus pressé que les autres de faire sa déposition aux gendarmes, ne dit rien.

— Allez ! il n'y en aura pas pour longtemps !

lui glisse Annie à l'oreille. On n'en ira que plus vite après.

François s'est emparé du dernier quatre-quarts et le découpe en tranches épaisses sans dire un mot. Il s'en veut de ne pas s'être levé lorsqu'il a entendu Dago aboyer. C'étaient certainement les ennemis qui passaient alors, en route pour le terrain de fouilles. S'il était sorti à ce moment-là, il aurait pu les arrêter, ou tout au moins les suivre et les empêcher d'emmener Guy... Mais à quoi bon y penser maintenant ! Il est trop tard !

Claude se dit la même chose. Elle est partie jusqu'à la source pour y chercher de l'eau. Le bruit de la petite cascade la guide et elle la retrouve sans peine.

— Comme j'aime le bruit de ce ruisseau ! se dit-elle tout haut pour détourner le cours de ses pensées, et tout à coup le mot « eau » tinte à ses oreilles avec insistance.

Qui donc a parlé d'eau récemment ? Ah ! oui ! ce sont François et Mick cette nuit. *Eau*, le mot si mal écrit sur le plan ! Et près de l'eau, il y a justement une dalle !

L'adolescente sursaute. Cette construction de pierres plates qui entoure la source, mais ce sont aussi des dalles ! Évidemment, elles sont trop petites. Quel dommage !

La jeune fille contourne le petit édifice de pierres et a un nouveau haut-le-corps. Là, ce grand carreau blanc, n'a-t-il pas la même dimension que celui de

l'étable ? Mais si ! Soudain, elle est certaine d'avoir découvert la clef du mystère. Elle laisse tomber le seau qu'elle tient à la main et s'élance en courant, criant à tue-tête :

— J'ai trouvé ! Venez vite !

François, à ce moment, est en train d'expliquer à Stéphane ce qu'il sait des mystérieux agresseurs de son frère. L'accent joyeux de la maîtresse de Dago lui fait relever la tête avec surprise.

— Tu as trouvé quoi ? questionne-t-il.

— La dalle ! Venez !

Tous sont déjà debout, pleins d'excitation.

— Pas possible ! Où ? montre !

En une ruée frénétique le groupe se précipite vers la source. Dagobert a fait trois fois le chemin avant que les autres y arrivent. Le jeune archéologue l'atteint le dernier à cause de son genou qui le gêne pour courir.

Hors d'elle, Claude hurle, le bras tendu :

— Là, cette pierre blanche ! Vous voyez ! Si le mot qu'on ne pouvait pas lire sur le plan était bien *eau*, et si la taille de ce carreau est celle...

— Tu as peut-être raison ! murmure Mick, tout en sortant de sa poche la ficelle qui a servi à mesurer les dalles.

Il vérifie les dimensions de celle que désigne sa cousine et annonce d'une voix entrecoupée par l'émotion :

— C'est bien ça ! Même longueur et même largeur ! Il faut la déplacer ! Il n'est pas impossible qu'elle cache un passage secret.

Mais elle résiste à tous ses assauts. Son frère vient à la rescousse, puis Stéphane. Les filles crient. Dago aboie. Mais le carreau ne bouge pas.

— On n'y arrivera pas ! conclut Mick, rouge et soufflant. Elle est trop lourde et trop bien encastrée ! Il va falloir demander de l'aide !

— On y parviendrait si j'avais mes outils, intervient l'archéologue. J'en ai remué à moi seul de plus grosses que celle-là ! Attendez, je vais les chercher !

Il est déjà parti, boitillant, mais avançant aussi vite qu'il le peut.

— Je viens avec toi ! décide l'aîné de la bande.

En un rien de temps il l'a rejoint et, soutenant le blessé, il l'entraîne presque en courant.

Les autres, n'ayant plus rien à faire, s'asseyent ou plutôt se laissent tomber sur le sol.

— Ouf ! souffle Claude. Quel travail pour un jour où il fait aussi chaud !

Annie se tamponne le front d'un air songeur.

— C'est drôle que Stéphane et Guy soient des jumeaux, commente-t-elle, et c'est vraiment bête qu'on ne l'ait pas deviné !

— Ce n'est pas notre faute, c'est la leur ! se récrie sa cousine. Ils se conduisaient comme des imbéciles ! Ils voyaient bien qu'on les prenait l'un pour l'autre.

— Il fallait qu'ils soient vraiment fâchés pour

vouloir s'ignorer à ce point, reprend la benjamine des Cinq après un long silence. Je comprends le chagrin de Steph. Je voudrais pouvoir lui dire que son frère ne risque rien !

— On ne sait pas ce qu'il risque, fait remarquer Mick. Mais si on trouve dans ce souterrain ce que ces gens y cherchent, ce sera sûrement le meilleur moyen d'aider la police à retrouver Guy !

François revient bientôt, chargé d'une bonne douzaine d'outils, pics, pioches, pinces, leviers, et le jeune archéologue prouve qu'il sait les manier. En un rien de temps, la pierre s'ébranle, glisse, culbute. Un trou béant apparaît à l'emplacement qu'elle a occupé. Les cinq aventuriers le contemplent un instant, pleins d'une silencieuse émotion, puis se précipitent tous à la fois. On entend des têtes se cogner.

— Arrière ! ordonne Claude. Laissez-moi regarder.

Elle frotte une allumette et sa flamme éclaire un trou d'ombre dont on ne voit pas le fond.

— C'est un souterrain ! s'écrie Mick jubilant. On l'explore tout de suite ?

— Pas avant d'avoir élargi l'entrée, décide son frère. Il y a des racines qui bouchent le passage.

— Vite, alors ! hurle la maîtresse de Dagobert. La vie de Guy est peut-être en jeu !

chapitre 16

Le passage secret

L'effervescence est telle que les jeunes aventuriers s'empêchent mutuellement de travailler. François doit intervenir une fois encore :

— Du calme ! s'égosille-t-il. On ne peut pas être cinq à élargir ce trou. Deux suffisent largement. Steph, tu me prêtes tes outils ?

— Oui, si tu me laisses t'aider, réplique ce dernier.

Est-ce l'espoir de découvrir le secret des malfaiteurs qui lui donne cette énergie nouvelle ? Est-ce sa passion d'archéologue qui s'éveille à la vue de ce souterrain énigmatique ? C'est difficile à dire, mais ses larmes ne coulent plus, et il semble même avoir oublié la disparition de son frère. Le pic en main, il s'acharne sur les grosses racines qui bouchent l'entrée, et en quelques minutes celle-ci est dégagée.

Mick et Claude, pendant ce temps, sont partis

chercher les lampes laissées dans les sacs à dos. Il y en a une de plus, dont Stéphane s'empare.

— J'entre la première ! décrète Claude. Attendez que je vous appelle pour venir !

Elle se glisse dans l'excavation et, tout d'abord, doit se faufiler à quatre pattes dans un étroit passage. Mais, bientôt, le tunnel s'élargit, prend de la hauteur, la jeune fille peut alors se déplacer tout en restant pliée en deux. Le tunnel, à cet endroit, mesure environ un mètre.

Elle fait quelques pas et s'arrête. Le rayon de sa lampe lui montre que la galerie se prolonge plus loin sous terre, alors elle crie :

— Venez ! Mais tenez-vous les uns aux autres et n'oubliez pas vos torches électriques. Il fait noir comme dans un four !

François s'élance le premier, Annie le suit, puis Mick, Stéphane fermant la marche. Dagobert s'est faufilé derrière sa maîtresse, naturellement, et la pousse, comme s'il voulait l'inciter à aller plus vite.

Ils sont tous surexcités, et aucun ne peut ni se taire ni parler d'une voix normale.

Ce n'est que cris perçants et éclats de rire nerveux.

— Tu veux que je te tire ?

— Oh ! qu'il fait sombre !

— Dag, ne pousse pas comme ça !

— J'ai l'impression d'être un renard qui rentre dans son terrier !

— Ah ! enfin ! je peux me relever !

— Oh ! là ! là ! c'est vaste ici !

— Il devait être d'une belle taille, le lapin qui a foré ce trou !

— Ce n'est pas un lapin, c'est l'eau qui l'a creusé !

— Accroche-toi à ma ceinture, Steph, ne reste pas en arrière !

Toutes ces interjections se croisent et se confondent, répercutées par l'écho.

Claude, plus ou moins courbée selon la hauteur de la voûte, continue à avancer. La galerie se prolonge, presque rectiligne, descendant en pente douce et continue. Après un tournant, elle s'élargit encore et il devient possible de se tenir debout.

— C'est vraiment le passage qu'on cherche ? questionne Annie. Il semble ne conduire nulle part.

— On ne sait pas vraiment ce qu'on cherche ! réplique son frère aîné. Je m'attendais, comme toi, à trouver plutôt une cachette qu'un passage, mais on ne saura si on est sur la bonne piste que lorsqu'on découvrira un objet caché, quel qu'il soit.

La marche en avant se poursuit, coupée d'incidents divers. Contre toute attente, des lapins fréquentent ce lieu, et le bruit de leur fuite sème la perturbation dans le petit groupe, jusqu'au moment où le rayon d'une lampe électrique fait briller, au ras du sol, des paires d'yeux terrorisés.

— Ils ont eu encore plus peur que nous, commente Mick en riant. Leurs terriers doivent aboutir dans ce boyau.

Puis c'est un bruit d'eau qui surprend tout le monde. Une rivière souterraine passe là, traversant le tunnel soudain élargi en une sorte de salle ronde, assez vaste.

Les enfants se tassent sur la rive. Le courant sombre gargouille à leurs pieds au fond d'un lit qu'il creuse depuis des siècles, et va ensuite se perdre mystérieusement, sur la gauche, dans un trou noir.

— Curieux ! lâche Claude.

Mais Stéphane intervient :

— Oh ! non ! assure-t-il, c'est assez fréquent dans la région. Il y a tout un réseau de canaux souterrains par ici. Les uns jaillissent en sources et les autres aboutissent à des rivières. Il y en a aussi qui vont se jeter directement dans la mer ou se perdre on ne sait où.

— En tout cas, fait remarquer François, le tunnel, lui, semble bien se perdre ici !

Des exclamations variées saluent cette réflexion que personne ne s'est encore faite.

— Alors, c'est ici qu'il faut chercher *la chose* ? interroge la benjamine de la bande, perplexe.

— Peut-être ! Mais on peut aussi chercher un passage.

Les cinq enquêteurs se séparent, chacun fouillant de son côté. La lueur des lampes fait briller sur les voûtes immobiles des plaques humides.

Soudain la voix de Mick s'élève, vibrante :

— Ici ! Ici, il y a une sortie !

Et au même moment un cri d'Annie jaillit de l'autre bout de la salle !

— Il y en a une par là aussi !

— Ça se complique ! s'écrie sa cousine en riant. Il faut prendre laquelle ?

François se gratte la tête et avance une hypothèse :

— L'individu qui a dessiné le plan que cherchait à déchiffrer Mado – le fameux « Paul » – a peut-être laissé des indications sur la route à suivre. Sinon, comment aurait-il pu espérer que d'autres retrouvent *la chose* ?

— Exact ! approuvent ses compagnons.

Quelques secondes s'écoulent puis, de nouveau, la voix de Mick retentit.

— C'est la mienne qui est la bonne ! Il y a une flèche blanche tracée à la craie sur la paroi !

— Bravo ! s'exclame sa cousine en se rapprochant. Cette flèche est doublement précieuse. D'abord elle nous indique la voie à prendre. Ensuite, et surtout, elle nous prouve qu'on est sur une véritable piste qui doit conduire à quelque chose !

La file se reforme et repart, plus ardente que jamais. Le nouveau boyau est large et facile à suivre. Les glouglous de la petite rivière ne sont bientôt plus perceptibles.

— Quelqu'un a une idée de la direction qu'on suit ? lance François.

Stéphane sort de sa poche la boussole qu'il a déjà consultée plusieurs fois.

— Plein sud, décrète-t-il. Je crois qu'on s'achemine vers le camp romain. Rien d'étonnant. Papa nous a montré, à Guy et à moi, une reconstitution du site. Plusieurs souterrains y étaient indiqués. Mais il nous avait défendu de nous y aventurer, à cause du danger des éboulements...

Claude admire ce garçon qui a pu résister à la tentation d'explorer un tunnel.

Soudain, un nouvel incident vient détourner ses pensées. Le passage bifurque en deux tronçons. L'un très large, l'autre très étroit, Sans hésiter, elle s'engage dans le plus spacieux, mais elle s'arrête devant une paroi de roche, sans aucune faille.

— Demi-tour ! annonce-t-elle. On s'est trompés. Il fallait prendre l'autre embranchement.

Ce demi-tour donne à Dago l'idée qu'il pourrait, lui aussi, mener la file, et il bouscule l'un après l'autre tous les explorateurs, au risque de les faire tomber.

Stéphane, dernier devenu premier, rejoint en même temps que lui la bifurcation et éclaire la paroi du passage le plus étroit : une flèche blanche y apparaît, très distincte.

— Qu'on est bêtes ! s'exclame Mick. Si on ne regarde même pas les indices, on n'arrivera jamais au but ! Vas-y, François, passe devant... et sois attentif.

Ce dernier s'engage dans le nouveau boyau. Il est vraiment très exigu, et on ne peut y avancer sans se cogner les coudes et les chevilles. Il y a des

« Ah ! » et des « Oh ! » de détresse, mais les jeunes aventuriers continuent leur progression. Tout à coup, nouvel arrêt.

— Encore une impasse ! déclare l'aîné des Cinq.

— Pas possible ! riposte son frère. Regarde bien !

— Il doit y avoir une flèche quelque part ! ajoute Stéphane. Cherche !

Il s'ensuit quelques instants de silence, puis François lève la tête et pousse un cri :

— Je sais ! La suite du passage doit se trouver à l'étage au-dessus. Je vois une marque blanche. Elle pointe vers une ouverture...

— Il y a sûrement un moyen d'y accéder, analyse Claude. Tiens, regarde. Là ! On distingue comme des marches creusées dans le mur. Et elles montent jusqu'au trou !

— Tu as raison. On doit pouvoir se hisser par là ! Et puisque c'est toi qui as découvert le chemin, passe la première. Je t'aiderai !

La poignée de sa lampe entre les dents, elle s'agrippe des mains et des pieds à la paroi rocheuse, et commence l'escalade.

Le soutien que lui apporte son cousin en la poussant est très utile ; en peu de temps la jeune fille se retrouve rampant sur le sol d'une petite plateforme à deux mètres au-dessus de ses compagnons.

Elle éclaire rapidement les lieux et appelle :

— Venez ! Il y a quelque chose de noir sur un rebord là-haut, ça doit être ce que nous cherchons. Venez vite !

L'un après l'autre, les quatre explorateurs gravissent aussi vite qu'ils peuvent les marches de pierre et accèdent à une sorte de petite grotte.

Dago lui-même a été tiré le long du mur, non sans mal. Stéphane, malgré son genou blessé, se montre très habile à ce sport, qu'il a souvent pratiqué avec son père et son frère.

Quand ils sont tous en haut, Claude dirige le rayon de sa torche électrique sur la chose noire qu'elle a remarquée au fond d'une alvéole. Une grande flèche blanche a été tracée au-dessus pour attirer l'attention de ce côté. L'adolescente n'a qu'à enfoncer son bras et triomphalement elle ramène l'objet : une vieille mallette en cuir.

— Il doit y avoir quelque chose dedans ! s'écrie-t-elle.

— Ouvre ! Ouvre vite ! l'encouragent les autres.

Mais elle ne peut ouvrir le bagage.

Il est fermé à clef, et... il n'y a pas de clef !

chapitre 17

De surprise en surprise

— Impossible de l'ouvrir ! déclare Mick, après s'être vainement escrimé sur la serrure.

Il prend l'attaché-case par le fond et le secoue vigoureusement, dans l'espoir de voir son contenu se répandre sur le sol.

Les jeunes explorateurs sont déçus.

— Qui sait ? dit Annie. Le fameux Paul peut très bien avoir raconté aux autres qu'il a laissé dans cette mallette les documents – ou je ne sais quoi qu'il a volé – et les avoir emportés et mis ailleurs... Ce bagage est vraiment léger... je crains qu'il ne soit vide...

— Il faut quand même voir s'il y a quelque chose dedans ! insiste Claude.

— Mais comment ?

— Avec un couteau !

Stéphane fait un essai, qui se révèle inefficace. Le cuir est si épais que son canif ne parvient pas à l'entamer.

— Il n'y a qu'un seul remède, conclut François. Se dire que les papiers secrets sont là ! Si on se trompe, on le saura bien assez tôt.

— C'est vrai, approuvent quelques voix mornes.

Tous regardent avec dépit le bagage tentateur. Combien de temps leur faudra-t-il attendre avant de savoir si leurs efforts sont couronnés de succès ou non ?

— Et qu'est-ce qu'on fait, maintenant ? questionne la maîtresse de Dagobert d'un ton las. J'aimerais bien sortir d'ici. Un peu d'air frais ne ferait pas de mal.

— Tout à fait d'accord !

L'aîné des Cinq s'efforce de cacher sa déconvenue sous un sourire qui ne trompe personne.

— Mais, reprend-il, avant d'avoir le droit de respirer, il faut refaire en sens inverse tout le chemin qu'on vient de parcourir, et ce sera long !

Sa cousine commence à dire qu'elle n'en aura jamais le courage, lorsque Annie l'interrompt.

— Regardez ! s'exclame-t-elle. Tous ces traits ! Ça doit avoir une signification...

Son regard fureteur toujours en éveil a découvert sur la paroi rocheuse de nouvelles flèches à la craie, curieusement tracées : l'une descend en direction de l'excavation qui leur a servi d'entrée, et une autre ligne de flèches indique, en direction opposée, le mur en face.

— Vous croyez que ces gribouillages sont destinés à tromper les curieux ? questionne Mick, perplexe. On sait bien qu'il faut sortir par où on est entrés !

— À moins que cette nouvelle série de marques n'indique une autre sortie ! ajoute Claude.

Celle-ci commence à inspecter la muraille. Les autres l'imitent, mais personne ne découvre rien.

— Eh ! Où est Dago ? s'écrie Annie tout à coup. Il n'est plus ici ! Pourvu qu'il ne soit pas tombé dans le couloir d'en dessous !

— Impossible ! réagit sa cousine. Il n'est pas si bête ! Et puis on l'aurait entendu tomber et gémir.

Elle se penche pourtant au-dessus de la cavité, essayant d'en éclairer le fond avec sa lampe de poche. Les autres, plus surpris que réellement inquiets, lancent cris, appels et coups de sifflet. Un aboiement étouffé apporte une première réponse puis, soudain... le chien est là ! Il apparaît si mystérieusement qu'on pourrait croire à un tour de magie.

En le voyant, sa maîtresse pousse un soupir de soulagement et se dirige vers l'endroit où il a surgi. Presque aussitôt, elle se fige et inspecte la roche avec attention.

— On est des idiots ! affirme-t-elle après quelques secondes. Regardez ! Derrière ce pan de rocher, il y a un passage ! Et aucun de nous ne l'a vu.

— Il faut dire qu'il n'est pas large ! remarque Annie.

— Et donc pas facile à découvrir, ajoute Mick, admirant combien l'étroite faille se confond dans

l'ombre environnante. Mais ça nous donne une indication précieuse sur le dénommé Paul.

— Ah ? Laquelle ?

— C'est qu'il n'est pas gros ! Seul un type filiforme peut se faufiler par là ! Je ne sais même pas si François pourra y passer !

— Pourquoi ne pas essayer ? suggère sa cousine qui a retrouvé tout son entrain. C'est certainement une sortie !

— Rien ne prouve que ce chemin sera plus court et plus facile que l'autre ! objecte l'aîné de la bande.

Mais Stéphane ne partage pas cet avis.

— Il ne peut pas être plus long, fait-il observer d'une voix calme. D'après ma boussole, on ne doit pas être loin du camp romain. C'est vraisemblablement là que conduit ce nouveau passage ! Quoique je n'aie aucune idée de l'endroit exact où il peut déboucher...

Mick se souvient alors du grand trou caché par une dalle qu'il a découvert dans le camp, grâce à un petit lapin. Il se remémore la réaction de Guy à ce sujet : le jeune archéologue a dit que c'était une cave qui servait autrefois à entreposer des provisions.

Il demande l'avis de Stéphane.

— Je n'y avais pas pensé, admet celui-ci. Laisse-moi réfléchir. Oui, ces cavernes avaient souvent un double emploi : stockage des vivres et passages secrets permettant de se rendre d'un point à un autre à l'insu de l'ennemi. Je crois que tu as raison ! Il peut très bien y avoir un souterrain aboutissant à ces excavations. Pour des archéologues, c'est sans intérêt, mais pour nous c'est différent. Si on peut sortir par là, on s'épargnera des efforts inutiles !

— Alors, allons-y ! décrète François. Essayons !

Et, le premier, il se glisse dans l'étroite cavité. D'abord, les parois sont si proches l'une de l'autre qu'il faut y renoncer.

— Tu devrais faire un petit régime ! plaisante son frère. Il faut que je te pousse ?

L'aîné des Cinq ne répond que par un grognement étouffé. Au prix de quelques déchirures à son short, il parvient à gagner du terrain. Le passage difficile est heureusement très court. Vient ensuite une sorte de couloir en ligne droite où il est possible de se déplacer normalement.

— Vous pouvez venir ! crie François. Il y a assez de place ici pour que je règle son compte au premier qui osera critiquer ma ligne !

Malgré cette menace, les autres se précipitent à sa suite en riant ; plus jeunes et plus minces, ils éprouvent peu de difficulté pour le rejoindre.

La marche dans les ténèbres reprend ensuite sans incident pendant une centaine de mètres, pour devenir soudain plus ardue. Le terrain s'abaisse en pente raide. Les aventuriers culbutent presque les uns pardessus les autres, et Dago, entraîné par son poids, ne peut s'empêcher de courir. Et puis tous s'arrêtent.

Un infranchissable obstacle se dresse devant eux. Non pas, cette fois, une paroi rocheuse, mais, plus inquiétant encore, un éboulement de terrain.

— Cette fois ça y est, grogne Mick. On est bloqués !

L'affaissement est impressionnant à voir. Des blocs de rochers, mêlés de terre et de cailloux tombés de la voûte, obstruent complètement le passage. Il n'y a aucun espoir de franchir cet amoncellement de pierraille. Il n'y a plus qu'une seule solution : faire demi-tour et sortir par l'autre bout du tunnel.

— Pas de chance ! se désole Claude en donnant un violent et bien inutile coup de pied dans les déblais.

— Ne nous attardons pas ici, décide François. La pile de ma lampe est presque morte. Repartons par où on est venus et ne perdons pas de temps.

On lui obéit à contrecœur. Après s'être cru si près de la sortie, il est dur de penser à tout le chemin qu'il faut parcourir, avec tant de rudes passages, d'escalades, de pentes et de croisements avant de retrouver la clarté du soleil.

— Allez, viens, Dago ! appelle sa maîtresse.

Mais l'animal refuse d'obéir. Il se tient face à l'éboulis, l'air inquiet, la tête inclinée de côté, les oreilles droites. Puis, soudain, il émet un aboiement, qui se répercute sous la voûte de façon si étrange qu'il fait sursauter tout le monde.

— Silence, Dag ! ordonne Claude, presque en colère. Qu'est-ce qui te prend ? S'il y a une

chauve-souris, laisse-la tranquille et viens ! On est pressés !

Mais le chien ne vient pas. À coups de pattes rapides, il attaque l'imposant tas de pierraille devant lui, en émettant des petits jappements brefs : « Ouaff ! ouaff ! ouaff ! »

— Qu'est-ce qu'il a ? murmurent les jeunes explorateurs.

Fébrilement, de ses pattes de devant, l'animal continue à gratter la terre qu'il rejette au loin, c'est-à-dire sur ceux qui l'entourent.

— Il y a quelque chose qu'il veut atteindre derrière ce remblai, déduit Mick. Quelque chose ou quelqu'un... Si seulement tu pouvais l'empêcher d'aboyer, Claude, on pourrait tendre l'oreille et peut-être capter ce qu'il a entendu.

Il est difficile de faire taire Dagobert, mais la jeune fille y parvient. Pendant quelques secondes, le silence s'établit dans le souterrain, puis très vite il est rompu par un autre bruit, lointain et étouffé. Il n'y a aucun doute : c'est un jappement de chien.

— C'est Radar ! hurle Stéphane. Et si Radar est là, Guy n'est pas loin ! Il ne le quitte jamais ! Guy ! Tu m'entends ?

Malheureusement, les glapissements de son nouvel ami ont déchaîné Dago qui donne de la voix tant qu'il peut, et se remet à gratter l'éboulis plus frénétiquement que jamais.

— Je n'entends rien avec tout ce boucan !

s'énerve le jeune archéologue. Vous croyez que Guy est là ? Il est peut-être blessé !

— Puisqu'on a perçu les cris de Radar, analyse François, c'est qu'il n'est pas très loin. L'éboulement est sans doute moins épais qu'il ne paraît. Essayons de le déblayer. On peut travailler à deux à la fois en se relayant. Pas plus, parce que le passage est étroit.

Dagobert ne cède pas sa place, mais à côté de lui Stéphane et Mick peuvent, en se serrant un peu, s'acharner sur les blocs de roches et parvenir à les faire glisser. Puis l'aîné du groupe et Claude les remplacent. Les doigts s'écorchent vite sur les arêtes tranchantes des pierres, et le travail est pénible ; mais il a un résultat plus rapide que prévu : un affaissement se produit qui dégage le sommet de l'éboulis.

Mick se précipite à l'escalade. Son frère le retient.

— Attention, espèce d'âne ! lance-t-il. La voûte n'est pas solide à cet endroit. Si tu provoques un nouvel effondrement, tu te feras enterrer dessous...

Il n'a pas fini sa phrase qu'une petite silhouette apparaît au sommet du talus et glisse vers eux, jappant joyeusement, et agitant sans répit une mince queue.

— Radar ! Oh ! Radar ! Où est Guy ? s'exclame Stéphane, tandis que le fox se frotte à ses jambes et lui lèche les mollets.

— Guy ! hurle François. Tu es là ?

Une voix éteinte lui répond :

— Oui ! Qui c'est ?

Ces trois mots déclenchent une cacophonie de voix joyeuses mêlées d'aboiements non moins enthousiastes :

— C'est nous ! On arrive ! Ce ne sera pas long !

Dagobert, comme pour indiquer le chemin, a déjà monté et descendu tant de fois le talus que le passage y est tout tracé. Chacun l'escalade en riant et se coule prudemment sous la voûte en évitant de l'effleurer.

La lueur des lampes éclaire l'autre versant de l'éboulis. Le souterrain s'y poursuit, égal en hauteur et en largeur à ce qu'il a été jusqu'alors. Quelques mètres plus loin, Guy se tient assis contre la muraille, le regard brillant, la figure très pâle.

— Je vais bien ! assure-t-il en réponse aux questions qui pleuvent sur lui du haut de l'amoncellement de pierres. Sauf ma cheville, mais ce n'est pas grave ! Comme je suis content de vous voir tous ! Venez vite !

À peine arrivé, Stéphane se jette sur son frère.

— Qu'est-ce qui t'est arrivé ? presse-t-il. Dis que tu me pardonnes. Je m'en veux tellement...

L'aîné des Cinq le prend par l'épaule et l'écarte doucement.

— Fais attention, recommande-t-il. Regarde-le ! Il s'est évanoui ! Tu lui parleras plus tard. C'est plus prudent.

Pendant ce temps, Annie agite son foulard, en

guise d'éventail, au-dessus de la tête du blessé qui ne tarde pas à rouvrir les yeux.

Il sourit faiblement.

— Vous êtes ici... c'est bien vrai ?

— Vrai de vrai ! confirme Claude. Et pour preuve, voilà un bout de chocolat... mange-le ! c'est le meilleur moyen de t'assurer que tu ne rêves pas !

chapitre 18

Vers la sortie

Quelques biscuits ajoutés à la tablette de chocolat rendent des forces au blessé, et il peut bientôt raconter son aventure, assez semblable à ce qu'ont imaginé ses sauveurs.

Réveillé au petit jour par les aboiements de Radar, il s'est levé pour voir ce qui les motivait. En fait, trois hommes et une femme se sont introduits dans l'ex-camp romain. Ils ont enjambé les tranchées, soulevé les pierres et discuté à voix haute.

Au moment où Guy est arrivé, un des hommes achevait juste de déplacer une grande dalle – celle qui ferme l'entrée de la cave aux provisions –, et, avec un énorme cri de joie, appelait les autres :

— Ça y est ! J'ai trouvé ! Le souterrain débouche ici !

Les cris et les menaces du jeune archéologue n'ont arrêté personne. Radar, mordillant les chaussures et les bas de pantalon des intrus, a été brutalement repoussé à coups de pied. Alors, Guy a tenté de s'interposer, défendant à la fois son chien et son terrain. Mais que pouvait-il, seul contre quatre ? Quelques instants plus tard, il gisait au fond d'une tranchée, étourdi par un violent coup sur la tempe.

— Quelles brutes ! s'exclame Mick, hors de lui. Si j'avais été là...

Mais les autres le font taire. Ils veulent connaître la fin de l'aventure, et leur ami ne se fait pas prier pour continuer :

— J'ai vaguement entendu un des hommes dire : « Qu'est-ce qu'on fait de ce gamin ? Si on le laisse ici, il ira chercher du secours, et on ne pourra pas accomplir notre mission. » Et un autre a répondu : « Emmenons-le avec nous ! Tant pis pour lui ! » Alors, ils m'ont ramassé et m'ont conduit jusqu'à l'entrée de la cave que vous connaissez. J'avais repris connaissance et j'essayais de me débattre...

— C'est à ce moment que je t'ai vu ! murmure Stéphane avec un sanglot. J'ai couru et je suis tombé.

Cette seconde interruption soulève un concert de protestations :

— Laisse-le finir ! Vous vous expliquerez plus tard ! Alors ils t'ont entraîné dans le souterrain... ? Et ils t'ont conduit ici ? Où sont-ils allés ? Qu'est-ce qu'ils cherchaient ?

Guy sourit.

— Si vous parlez tous en même temps, comment

voulez-vous que je vous raconte ? Laissez-moi vous dire les choses dans l'ordre, il n'y en a plus pour longtemps. À l'entrée des caves, la pente est raide, et, tout de suite après, elle tombe à la verticale, comme un puits. J'ai donc cru que les hommes allaient renoncer à leur projet, mais non ! Ils avaient une grosse corde. Ils l'ont fixée solidement à une saillie de la roche et ils m'ont contraint à descendre avec eux. Je criais, je ruais, je m'agrippais partout, mais ils étaient plus forts que moi. Ils m'ont entraîné. Seule la femme est restée là-haut. Elle ne voulait pas descendre et a dit qu'elle préférait faire le guet, cachée derrière un buisson.

— Mais je ne l'ai pas aperçue ! s'exclame son frère.

— Chut, laisse-le finir !

— C'est dans cette descente que je me suis fait mal. Le puits est profond. Je suis tombé et je me suis blessé à la cheville. Foulée ou cassée, je ne sais pas ! Je souffrais tellement que je n'avais plus besoin de me forcer pour hurler. Mais personne ne pouvait m'entendre, et eux continuaient à me bousculer en m'ordonnant de me taire et d'avancer.

— Les barbares, fait Claude. Ah ! les barbares !

— Après, je ne sais plus très bien ce qui s'est passé. J'ai dû m'évanouir, et reprendre conscience de temps en temps. Je ne me souviens même pas comment je suis venu ici, mais je me rappelle qu'à un moment les hommes étaient là, pestant contre cet éboulement de terrain qui leur barrait la route.

Je crois aussi qu'ils ont parlé d'aller chercher des outils, et puis plus rien ! Plus tard, j'ai senti que Radar me léchait la figure. J'étais seul avec lui, et puis je vous ai entendus m'appeler...

François n'écoute plus.

Il s'est redressé. Son visage est très pâle.

— Mais si les hommes sont partis chercher des outils, s'écrie-t-il, c'est qu'ils vont revenir ! Ils vont nous trouver ici !

Cette déduction déclenche un moment de panique. Des regards angoissés s'échangent dans l'ombre, et Annie tourne la tête vers la suite inexplorée du souterrain, comme si elle y voyait déjà surgir les trois brutes armées de pelles et de pioches. Les jeunes aventuriers n'ont aucun moyen de se défendre !

— Il faut déguerpir avant qu'ils ne reviennent ! affirme Mick. Est-ce que ce trou par lequel tu es tombé est encore loin ? Est-ce qu'ils ont laissé la corde ?

Mais personne ne peut lui répondre, Guy pas plus que les autres, puisqu'il n'était qu'à demi conscient quand il a fait ce chemin avec ses ravisseurs.

Stéphane intervient.

— Mon frère ne peut pas marcher, annonce-t-il, et il nous serait impossible de le porter pendant tout le long chemin qu'on a emprunté pour venir jusqu'ici. La seule chance qu'on a de s'échapper, c'est de passer par l'autre côté.

L'aîné des Cinq ne répond pas. Il s'est agenouillé

auprès du blessé et examine sa cheville enflée en faisant appel aux cours de secourisme qu'il a suivis au collège.

— Je ne crois pas qu'elle soit cassée, diagnostique-t-il. Seulement foulée, je vais la bander serré. Il me faudrait ton foulard, Annie !

Le pansement fait, le jeune archéologue se redresse et essaie de poser son pied par terre.

— Ça ira ! grogne-t-il en serrant les mâchoires pour retenir un cri de douleur. Mais je ne pourrai pas faire des kilomètres.

— Appuie-toi sur moi, conseille Stéphane en lui offrant son épaule. Le passage est assez large ici pour marcher à deux.

— En route ! s'écrie vivement Claude. Dago et Radar, passez devant ! Et prévenez-nous si vous voyez arriver quelqu'un.

La marche est aisée dans ce corridor spacieux et bien nivelé. L'éclopé avance en sautant sur un pied, mais à bonne cadence. Derrière lui Mick réfléchit tout haut.

— Si les hommes avaient pris tes outils ou ceux de Steph, ils seraient déjà de retour...

— Ils ont dû avoir du mal à les trouver ! réagit Guy. On nous les a déjà volés une fois et, depuis, on les cache si bien que personne ne saurait dire où ils sont !

Soudain, François, qui marche en tête, pousse un hurlement de joie :

— Ah ! enfin ! Je crois que je vois le jour !

Toutes les lampes s'éteignent aussitôt et, au ras du sol, quelques roches se détachent de l'obscurité, vaguement éclairées par une lumière grisâtre qui tombe d'en haut.

— Sauvés ! s'exclame Annie dans un cri de délivrance.

Mais la fillette s'est réjouie un peu tôt.

Le couloir aboutit à une sorte de salle ronde sans plafond, assez semblable au fond d'un puits.

— Ils ont laissé la corde ! remarque Guy. Je la vois qui pend ! Quelle chance !

— Oui, mais je ne suis pas sûr qu'on arrive tous à se hisser par là ! marmonne Mick en examinant la paroi abrupte et la corde très mince. C'est toute une technique, de grimper le long d'une corde...

En disant ces mots, il envoie un coup d'œil rapide à sa sœur.

— Je suis très capable de l'escalader, réplique celle-ci. À l'école je...

— Ce n'est pas la même chose ! Pourtant, il faudra bien que tu essaies de t'en tirer !

Pendant qu'ils parlementent, Claude empoigne la corde et elle commence à se hisser à la force des poignets.

— C'est facile ! crie-t-elle. Annie y arrivera !

Les jambes serrées autour de l'épais cordon, se soulevant d'une main puis de l'autre, l'adolescente grimpe comme un singe et ne tarde pas à reprendre pied en haut de l'excavation.

— Sois prudente ! lui ordonne l'aîné des Cinq.

Pendant qu'Annie monte, surveille les environs et si tu « les » vois revenir, préviens-nous en sifflant !

— Compris !

La maîtresse de Dagobert disparaît, tandis que sa cousine, à son tour, empoigne la corde. Cette épreuve de gymnastique n'est pas aussi aisée que dans le stade scolaire, où le cordage du portique offre une prise solide sous les doigts. Mais la fillette est poussée par la ferme volonté de faire preuve d'adresse devant les garçons, autant que par la crainte du danger menaçant.

— Je ne vois personne, revient bientôt annoncer Claude.

Après Annie, c'est Guy à présent qui se propulse hors du puits. Son frère lui a offert de le tirer d'en haut, mais il a refusé. Son pied droit inutilisable, il ne lui reste que ses poignets pour se soutenir. Très affaibli, il a le souffle court et haletant, et de grosses gouttes de sueur perlent sur son front. Il parvient enfin au sommet, au grand soulagement de tous.

Stéphane et François le suivent. Puis on s'occupe des chiens. Enveloppés dans les pulls des garçons et attachés à la corde, ils sont lentement hissés vers l'étage supérieur. Pour Radar, l'opération est facile, mais Dago est lourd et il a la fâcheuse idée de vouloir aider à la manœuvre. Le mouvement de ses pattes fait tournoyer le cordon qui l'entraîne dans une ronde sans fin. Cela serait risible à tout autre moment, mais les circonstances sont trop graves pour que quiconque ait envie d'en rire.

Enfin Mick, le dernier, grimpe, et tous se retrouvent sains et saufs à l'air libre. La chaleur du soleil les surprend et, après l'effort qu'ils viennent de fournir, ils souhaiteraient vivement s'asseoir et prendre un instant de repos. Il n'en est pas longtemps question.

Dagobert, qui s'est allongé sur le sol, la langue pendante, redresse bientôt les oreilles et aboie sourdement.

— Chut ! Dag ! lui souffle François. Tais-toi.

La mallette en cuir qu'il tient sous le bras lui paraît soudain peser une tonne.

— Quelqu'un vient ! ajoute-t-t-il. Ce sont sûrement les bandits, de retour avec leurs outils. Cachons-nous vite !

L'ordre est inutile. Tous ont compris, sauf Radar qui se met à japper. Guy le fait taire et, quelques secondes plus tard, les six explorateurs et les deux chiens ont disparu. Les cachettes sont faciles à trouver dans ce lacis de tranchées profondes. À condition de ne pas bouger et de ne faire aucun bruit, on peut espérer échapper à l'attention des arrivants.

Un bruit de voix s'élève bientôt dans le silence environnant. Aucun des enfants n'ose redresser la tête pour regarder ceux qui approchent, mais Mick et François reconnaissent l'un des hommes à son accent anglais.

— Jetez les pelles et les pioches dans le trou, dit cette voix. Vite ! On a perdu trop de temps. Descends le premier, Léo, la corde est là. Je te suis.

On perçoit le bruit des outils qui s'entrechoquent en tombant dans le souterrain, puis quelques paroles permettent de suivre le reste des opérations. Ils descendent en se laissant glisser le long de la corde, se hâtant de crainte d'être surpris. Pas une fois on n'entend s'exprimer la femme. Elle ne doit pas être là.

Quand tous les bruits de voix, de pas et de chutes de pierres ont cessé, un sifflotement lancé par Mick fait surgir six têtes hors des cachettes.

— Vite ! Sauvons-nous maintenant !

Sans bruit, les talus des tranchées sont escaladés, et les aventuriers s'élancent à travers la lande, les chiens sur leurs talons. Comme il est bon de courir librement, en laissant derrière soi le danger et l'ombre humide des souterrains ! Pourtant, à peine ont-ils fait une centaine de mètres qu'ils s'arrêtent. Où est François ? Il n'a pas suivi les autres... Que fait-il donc ?

chapitre 19

Retour à la Villa des Mouettes

Ce que fait François est très simple : il est allé au bord du trou par lequel ont disparu les mystérieux ennemis, et là, accroupi contre le rocher où a été fixée la corde, il l'a dénouée ! Un instant plus tard, se redressant, il tirait le fil à lui et l'enroulait autour de sa taille, un sourire ironique et satisfait flotte sur ses lèvres :

« Dommage que je ne voie pas la tête qu'ils feront quand ils voudront ressortir et ne trouveront pas le cordon ! »

Puis il a couru rejoindre le groupe qui s'est arrêté pour l'attendre.

— Qu'est-ce que tu manigançais ? questionne Claude.

— Je souhaitais bon voyage à nos amis, répond son cousin en riant. Ils en ont besoin, car trois mauvaises surprises les attendent au cours de leur excursion.

— Lesquelles ?

— Eh bien, la première sera de ne pas retrouver Guy ; la deuxième, quand ils auront bien peiné pour passer sous les éboulis, sera de ne pas retrouver la mallette dans sa cachette...

— Et la troisième ?

— D'être obligés de rester dans le trou jusqu'à ce qu'on vienne les en tirer... faute de corde pour en sortir !

Claude admire le garçon. Elle n'a pas pensé à cette astuce suprême, et c'est pourtant un moyen aussi simple qu'efficace de capturer les coupables.

La bande met assez longtemps à rejoindre la fameuse touffe d'ajoncs où se trouve encore tout le matériel de camping. Guy avance avec difficulté, à cloche-pied, prenant appui d'un côté sur son frère, de l'autre sur Mick.

Mais en apercevant son vélo, la maîtresse de Dagobert a une idée. Elle le prête au blessé qui, pédalant avec un seul pied, parvient malgré les touffes de bruyères à maintenir son équilibre. Désormais, c'est lui qui tient la tête de la file. On confie un autre V.T.T. à Stéphane et le troisième sert au transport de la tente et des sacs.

— On rentre aux *Mouettes* directement, décide François, et on demandera à tante Cécile d'appeler les gendarmes. Je veux que la mallette soit ouverte devant nous...

— J'espère qu'elle ne sera pas vide ! soupire Annie.

— On verra bien, riposte philosophiquement son frère aîné tout en balançant l'attaché-case à bout de bras. Mais je la trouve bien légère... Je doute qu'elle contienne le moindre papier. J'ai peur que ce Paul n'ait joué un double jeu...

— Comment ça ?

— À mon avis, il voulait se débarrasser de ses complices. Sinon, pourquoi leur aurait-il remis un plan aussi difficile à interpréter ? Il faut s'attendre à ce que ce bagage soit en fait un faux indice, destiné à faire perdre du temps aux autres bandits, en les lançant sur une mauvaise piste... Cette technique permettait à Paul de partir tranquillement en emportant les vrais documents !

— Quoi ? s'écrie Claude. Mais alors, tout ce qu'on a fait ne servira à rien !

— Si les gendarmes arrivent à capturer les complices prisonniers du souterrain, ce sera déjà quelque chose ! riposte l'aîné de la bande. Et si ces derniers s'aperçoivent que Paul les a trompés, ils le dénonceront peut-être à la police, pour se venger. Qui sait ? Comment ça va, Guy ?

— Bien, merci !

Le jeune archéologue pédale d'autant plus facilement que le chemin est maintenant assez praticable. Il lui faut même s'arrêter assez souvent pour attendre ses camarades. Son frère le suit à la même cadence, sans jamais le quitter des yeux.

« Je me demande comment ils ont pu se fâcher, alors qu'ils s'aiment tant ? » songe Annie.

Puis elle aperçoit la petite maison de M. et Mme Le Meur.

— Est-ce qu'on s'arrête pour les remercier de leur hospitalité ? questionne-t-elle avec un sourire malicieux.

— Tu es folle ! On n'a pas le temps aujourd'hui, rétorque Mick. On reviendra un autre jour...

Ils dépassent la chaumière, puis, bientôt, les premières maisons de Kernach apparaissent. Leurs pas se font encore plus rapides. Dago, reconnaissant les environs, bondit de joie.

— On arrivera trop tard pour le déjeuner, remarque la benjamine des Cinq. J'espère quand même qu'il restera quelque chose à manger, je meurs de faim !

— C'est vrai qu'il est déjà une heure et demie ! Tant pis ! on dévalisera le frigo de Sylvie !

La grille des *Mouettes* se présente enfin. Elle est grande ouverte. Enfants, chiens et vélos se précipitent entre les battants en fer, qui leur paraissent plus accueillants que jamais.

— Maman ! s'égosille Claude en grimpant le perron de la maison. Maman ! On est revenus !

Personne ne lui répond.

Tout le groupe s'élance dans l'entrée, Dago en tête, et sa maîtresse hurle encore plus fort :

— Maman ! On est de retour !

La porte du bureau s'ouvre brusquement, et M. Dorsel paraît, les sourcils froncés, l'air en colère.

— Claudine ! Combien de fois t'ai-je dit de ne pas faire tant de bruit quand je...

Mais sa phrase reste en suspens quand il découvre la bande d'enfants qui se presse sur le seuil.

— Qu'est-ce que tout ce monde ? interroge-t-il.

— Oh ! papa ! lâche sa fille. Tu ne vas pas me dire que tu ne reconnais pas François, Mick et Annie ?

— Bien sûr que je les reconnais ! mais je n'ai jamais vu ces deux-là, qui se ressemblent comme deux gouttes d'eau.

— Ne dis pas ça, oncle Henri ! intervient sa nièce. On les distingue très bien maintenant : l'un a un pansement à la cheville, l'autre au genou !

M. Dorsel ne semble pas apprécier la plaisanterie.

— D'où viennent-ils ? demande-t-il.

— Ah ! ça ! commence Claude. C'est toute une histoire et...

— Alors je n'ai pas le temps de l'écouter ! tranche l'homme. Allez jouer dans le jardin et ne faites pas de bruit...

— Mais, papa ! on n'a pas le temps de s'amuser ! Il faut qu'on téléphone à la gendarmerie pour faire arrêter des bandits, qu'on appelle un médecin pour soigner le pied de Guy, qu'on déjeune parce que nous mourons de faim, que...

— Assez ! Assez ! supplie M. Dorsel, cherchant vainement à freiner la volubilité de sa fille.

Mais celle-ci est tellement excitée qu'elle est incapable de se taire.

— Regarde ! hurle-t-elle encore. L'oreille de Dag est complètement guérie !

François pressent qu'il vaut mieux intervenir, sinon Claude risque d'être sévèrement grondée par son père.

— On ne voulait pas te déranger, oncle Henri, coupe-t-il. Tu sais où est tante Cécile ?

— Au fond du jardin. Elle cueille des framboises ou bien des prunes, je ne sais pas. Allez la rejoindre et laissez-moi tranquille, ou bien je...

Puis, de nouveau, il laisse sa phrase en suspens et ses regards demeurent attachés à la queue mince et frétillante de Radar.

— Quoi ! vocifère-t-il. Il y a un second chien maintenant ? Je...

— On s'en va, oncle Henri ! reprend son neveu en repoussant précipitamment la petite troupe vers la sortie.

La porte du bureau de M. Dorsel claque violemment, et Claude s'élance au-dehors en criant :

— Maman ! Maman !

Tante Cécile est très surprise de voir les enfants déjà de retour, et plus surprise encore de constater qu'en trois jours il leur est arrivé tant de choses.

Mais elle ne s'attarde ni à écouter l'histoire de Paul et de ses complices, ni à s'étonner de la présence des jumeaux : elle ne voit que la cheville enflée de Guy et s'écrie :

— Mais, mon pauvre garçon, il ne faut pas rester debout avec le pied dans cet état ! Viens t'allonger, je vais t'arranger ce pansement qui ne tient pas !

En la voyant si occupée, Mick décide d'appeler lui-même les gendarmes. On l'entend prononcer quelques phrases d'une voix ferme et claire, puis il raccroche, et, un sourire fier sur les lèvres, annonce :

— Le brigadier a dit qu'il venait lui-même, tout de suite.

— Tu serais gentil, lance Mme Dorsel, d'appeler aussi le médecin. Demande-lui de passer dès qu'il le pourra.

— Maman, tu ne t'intéresses vraiment pas beaucoup à nos aventures ! remarque Claude, un peu dépitée.

— Bien sûr que si, ma chérie, mais il t'en arrive tellement...

Personne n'a encore eu le temps de s'expliquer, qu'un coup violent est frappé à la porte d'entrée. Oncle Henri sort précipitamment de son bureau.

— Qu'est-ce encore que ce tapage ? se lamente-t-il.

Puis il reconnaît le brigadier, et ajoute :

— Excusez-moi, je croyais que c'étaient les enfants ! Il n'y a pas moyen d'avoir un instant de tranquillité quand ils sont là. Entrez, je vous en prie.

Mick a chargé sa sœur d'appeler le docteur. Il tient à être présent quand la fameuse mallette sera exposée au gendarme. François exhibe le bagage. Les autres sc pressent derrière lui.

— C'est cela, l'objet ! commente l'homme en jetant un regard scrutateur sur l'attaché-case. Qu'y a-t-il dedans ?

— On ne le sait pas, mais ce sont très probablement des plans, explique François. On n'a pas pu l'ouvrir. Il n'y a pas de clef.

— Donnez-moi ça !

Le brigadier sort de sa poche un outil qu'il introduit dans la serrure et, aussitôt, la petite valise s'ouvre.

Tous s'approchent instinctivement et se penchent pour voir ce qu'il y a à l'intérieur, même Dago.

Mais la tension retombe d'un coup : le bagage est vide. Complètement vide !

chapter 20

L'aventure s'achève

Ainsi, la précieuse mallette ne contient rien !

Pour les jeunes explorateurs, c'est une amère déception. Ils ont prévu cette éventualité, ils en ont même discuté, mais, au fond, chacun restait persuadé qu'un objet de valeur s'y dissimulait.

Le brigadier de gendarmerie paraît surpris et mécontent. Il toise la petite bande d'un air sévère.

— Où avez-vous trouvé cet objet ? interroge-t-il. Comment avez-vous pu croire qu'il contenait quoi que ce soit d'important ? Et de quels plans parliez-vous ?

— Euh... bafouille François, embarrassé. C'est une assez longue histoire.

— Je crois qu'il sera nécessaire que vous me la racontiez, fait l'homme sans se dérider.

Et il sort de sa poche un carnet noir.

— Comment tout ceci a-t-il commencé ?

— C'est simple ! réagit Claude. Ça a commencé

parce qu'il a fallu mettre à Dagobert une collerette de carton...

Les yeux du gendarme s'agrandissent sous l'effet de la surprise, mais il n'a pas de temps à perdre. Il se tourne vers l'aîné du groupe.

— Parlez, lui dit-il assez sèchement.

La maîtresse de Dago rougit violemment, et ses sourcils se froncent de colère. Son cousin lui adresse un clin d'œil en guise de réconfort, puis, après avoir invité le brigadier à s'asseoir, il lui expose les faits aussi clairement et brièvement que possible.

Son interlocuteur l'écoute en silence et son visage trahit bientôt un intérêt de plus en plus visible. Il note quelques mots sur son carnet, surtout les noms de Paul et de Léo et toutes les particularités que les jeunes enquêteurs peuvent lui fournir sur ces mystérieux personnages. L'accent anglais du chef de bande est l'objet d'un interrogatoire assez prolongé.

L'empreinte de semelle que Mick a relevée aux abords de la chaumière, et qu'il exhibe fièrement, fait ensuite figure d'importante pièce à conviction. Il abandonne à regret, pour les besoins de l'enquête, le morceau de papier sale et chiffonné que le gendarme plie soigneusement et enfouit dans une pochette plastifiée. Lorsque Claude relate la découverte de l'attaché-case, le brigadier, désormais conquis, paraît partager cette fois la déception des jeunes détectives.

— Je ne m'explique pas que cette mallette soit vide, marmonne-t-il. Pourquoi ce Paul aurait-il voulu tromper ses complices ?

En même temps, il reprend le bagage et le secoue. Rien n'en sort. Il le rouvre et se met à en examiner soigneusement l'intérieur. Tout à coup il saisit son couteau dans sa poche et en glisse la lame sous la doublure qui se soulève lentement.

Alors, sous cette étoffe, quelque chose apparaît : un papier bleuâtre, parfaitement plié. Un document couvert de milliers de lignes, d'annotations et de minuscules figures géométriques. Un long silence suit cette découverte.

Le gendarme laisse échapper un petit sifflement.

— Ainsi, triomphe-t-il, la mallette n'était pas vide ! Mais je voudrais bien savoir ce que ces signes représentent. Les plans de quelque chose, mais de quoi ?

— Papa le saurait peut-être, suggère Claude. C'est un savant, vous savez...

— Oui, je sais ! Pouvez-vous lui demander de venir tout de suite ?

L'adolescente s'éclipse et revient presque aussitôt, suivie de son père, dont les sourcils se froncent comme chaque fois qu'un imprévu vient l'arracher à son travail.

— Je m'excuse... commence le brigadier.

Mais M. Dorsel ne le laisse pas finir sa phrase. La simple vue du document déplié sur la table lui arrache un cri de surprise :

— Que fait ce plan ici ? Non ! c'est impossible ! Ce ne peut pas être ça... Mais si, pourtant !

Tous le scrutent avec des yeux ronds tant sa brusque agitation leur paraît inexplicable.

— Est-ce donc si important ? questionne le gendarme.

— Important ? Ces calculs n'existent qu'en deux exemplaires. L'un est dans mon bureau, et je l'étudie en ce moment. L'autre est chez le professeur Leroy. Il n'y a pas... il ne *peut* pas y avoir de troisième exemplaire !

— Et pourtant le voilà !

— Eh bien, moi, j'en doute ! s'écrie M. Dorsel de plus en plus troublé. Je serais plutôt tenté de croire que cette copie-ci est celle du professeur Leroy ! Mais comment serait-elle venue ici ? Il faut que je le sache. Attendez, je l'appelle !

Éberlués, les enfants regardent le savant quitter la pièce sans parvenir à formuler la moindre parole. Qu'a donc de si important ce papier couvert de sigles mystérieux ? La forte voix de l'oncle Henri résonne bientôt au téléphone, d'abord anxieuse, puis chargée de surprise et de colère. Enfin une porte claque et le scientifique revient. Il est assez pâle.

— C'est bien cela, annonce-t-il. L'exemplaire du professeur a été volé. Les conséquences de ce vol peuvent être si graves qu'il n'a pas voulu que la chose soit ébruitée. Il me l'a cachée, même à moi. Volé ! Un document de cette valeur, volé ! Dans son coffre-fort ! Vous vous rendez compte ! Maintenant il n'en existe plus qu'un seul exemplaire, le mien...

— Pardon ! fait le gendarme en posant sa main sur le papier bleu étendu sur la table. Il en reste toujours deux. L'autre est ici, ne l'oubliez pas.

— C'est vrai ! Je suis si troublé que je n'y pensais plus. Je ne l'ai même pas dit au professeur. Attendez, je vais le...

Le brigadier le retient par le bras.

— Expliquez-moi d'abord ce que représentent ces calculs.

— Le professeur Leroy et moi sommes chargés d'une mission ultra-confidentielle, confiée par le gouvernement. Grâce à ces résultats, notre pays et l'Angleterre pourront s'associer pour créer la première centrale nucléaire non-polluante. Si un industriel véreux s'emparait de nos formules, il pourrait se livrer à un terrible chantage : exiger que les autorités britanniques et françaises payent une astronomique somme d'argent pour récupérer ces données scientifiques ! Ou, pire, détourner nos calculs pour diffuser des produits radioactifs dans l'atmosphère ! Mais je vous en ai déjà trop dit... Donnez-moi ce papier, brigadier.

Le gendarme pose sa grosse main sur le papier bleu.

— Non, répond-il. Je le ferai restituer secrètement au professeur Leroy.

Et, comme l'oncle Henri ne semble pas disposé à céder aussi facilement, il ajoute :

— Il ne serait pas prudent de laisser les deux exemplaires au même endroit. Supposez que votre maison prenne feu, ils seraient détruits l'un et l'autre !

— Vous avez raison, gardez-le ! lance M. Dorsel, puis, se tournant vers les Cinq, il ordonne :

— Maintenant, expliquez-moi comment il se fait que ces calculs soient en votre possession.

— Ces enfants se feront un plaisir de vous raconter leur aventure, assure le brigadier avec un large sourire, mais Mick l'interrompt en s'écriant :

— On te dira tout, oncle Henri, mais plus tard. J'ai quelque chose de très urgent à déclarer.

— Quoi ?

— Que nous avons vu, tout à l'heure, les trois complices de Paul descendre dans le souterrain au moyen d'une corde et...

— Comment ? vous les avez vus descendre et c'est maintenant que tu me le dis ? s'exclame le gendarme en un accès de colère. Nous avions une chance unique de coffrer ces voleurs et vous nous l'avez fait perdre !

François réprime difficilement un sourire et déclare d'une voix calme :

— Rien n'est perdu ! Ils attendent que vous alliez les chercher...

L'homme croit qu'on se moque de lui et s'apprête à se fâcher, mais Claude ne peut retenir un éclat de rire.

— Mon cousin a enlevé la corde qui leur avait

servi à la descente, explique-t-elle. Ils n'ont plus aucun moyen de sortir du souterrain. Si vous voulez qu'on vous accompagne, on vous montrera l'endroit...

L'arrivée précipitée du médecin, au moment où le brigadier quitte la *Villa des Mouettes*, est encore un des épisodes amusants de cette étonnante journée. Puis, tous se retrouvent autour d'un somptueux goûter auquel Sylvie a ajouté une douzaine de sandwichs.

La pauvre cuisinière ne comprend rien à tous ces événements insolites, sinon que, une fois de plus, le Club des Cinq est venu à bout d'une mystérieuse aventure. Et elle sait bien que ce genre de situation produit toujours un redoublement d'appétit !

Les jumeaux et leur chien partagent ce festin avec une joie d'autant plus grande que Mme Dorsel les a invités à rester aux *Mouettes* jusqu'à la guérison totale de la foulure de Guy – une dizaine de jours, a diagnostiqué le docteur.

Tous parlent en même temps, la bouche pleine, s'efforçant d'expliquer aux parents éberlués les multiples péripéties survenues pendant ces quelques jours d'absence, lorsque le téléphone sonne.

Mick se précipite pour répondre et revient un moment plus tard avec une mine épanouie.

— C'était le brigadier, annonce-t-il. Quand il est arrivé avec ses collègues, les trois bandits étaient toujours au fond du trou. En entendant des pas, ils ont appelé au secours et demandé qu'on leur lance

une corde. Les gendarmes en ont lancé une. Les gangsters sont sortis sans méfiance et, clic-clac, on leur a mis les menottes à tous ! Le brigadier a l'air bien content. Il ne tardera pas à arrêter aussi Paul, et il m'a chargé de vous transmettre à tous ses félicitations !

— À Dagobert aussi, j'espère ! réagit Claude aussitôt.

Son cousin tourne la tête vers le chien et ajoute :

— Dago aura droit à une récompense particulière qui lui sera bien utile.

— Laquelle ?

— Une nouvelle collerette de carton ! Regardez-le ! Il s'est si bien gratté l'oreille qu'elle recommence à saigner.

D'un bond, Claude s'élance vers son chien et écarte les poils tachés de sang.

— Oh ! Dag ! se désespère-t-elle. Quel idiot ! Maman, viens voir. C'est pire qu'avant !

Mme Dorsel s'approche et examine la blessure.

— C'est vrai ! admet-elle. Mais pourquoi lui as-tu enlevé sa collerette ? Je t'avais dit d'attendre que la plaie soit tout à fait cicatrisée.

— Il va falloir lui remettre encore ce carcan... se morfond l'adolescente.

François lui lance un clin d'œil amical.

— Allez, Claude, un peu d'humour ! dit-il. C'est tout de même amusant de penser que toute cette aventure a débuté par une collerette de carton, et finira comme elle a commencé, avec une nouvelle collerette !

— Et puis, complète Annie, désormais, tout le monde regardera Dagobert et sa collerette avec admiration : c'est grâce à eux que les calculs du professeur Leroy ont été retrouvés !

— Bravo ! Vive Dago ! hurle Mick au milieu des applaudissements unanimes. Et une autre collerette, vite !

Quel nouveau mystère le Club des Cinq devra-t-il résoudre ?

Pour le savoir, regarde vite la page suivante !

Claude, Dagobert et les autres sont prêts à mener l'enquête

Dans le 17e tome de la série le Club des Cinq,

Le Club des Cinq et les papillons

Quelle drôle de contrée le Club des Cinq a choisie pour camper ! François, Claude, Mick et Annie, accompagnés du fidèle Dagobert, ont à peine planté leur tente au sommet du Mont-Perdu, qu'ils découvrent que la région est loin d'être paisible. Qu'est-ce que cette énigmatique base aérienne, cachée parmi les collines ? Et que penser des éleveurs de papillons qui occupent la ferme voisine ? Les insectes semblent beaucoup moins les intéresser que les avions qui décollent du mystérieux aéroport... Pour les Cinq, une seule chose est sûre : le mystère plane !

Les as-tu tous lus ?

1. *Le Club des Cinq et le trésor de l'île*

2. *Le Club des Cinq et le passage secret*

3. *Le Club des Cinq contre-attaque*

4. *Le Club des Cinq en vacances*

5. *Le Club des Cinq en péril*

6. *Le Club des Cinq et le cirque de l'Étoile*

7. *Le Club des Cinq en randonnée*

8. *Le Club des Cinq pris au piège*

9. *Le Club des Cinq aux sports d'hiver*

10. *Le Club des Cinq va camper*

11. *Le Club des Cinq au bord de la mer*

12. *Le Club des Cinq et le château de Mauclerc*

13. *Le Club des Cinq joue et gagne*

14. *La locomotive du Club des Cinq*

15. *Enlèvement au Club des Cinq*

16. *Le Club des Cinq et la maison hantée*

Suis le Club des Cinq dans chacune de ses aventures !

Table

« Pour l'éditeur, le principe est d'utiliser des papiers composés de fibres naturelles, renouvelables, recyclables et fabriquées à partir de bois issus de forêts qui adoptent un système d'aménagement durable. En outre, l'éditeur attend de ses fournisseurs de papier qu'ils s'inscrivent dans une démarche de certification environnementale reconnue. »

Composition MCP – **Groupe Jouve** – 45770 Saran

Imprimé en France par Jean-Lamour - Groupe Qualibris
Dépôt légal : novembre 2008
20.20.1638.4/02 – ISBN 978-2-01-201638-5
Loi n°49-956 du 16 juillet 1949
sur les publications destinées à la jeunesse